献给那些热爱中国西藏并真诚为藏汉团结、国家富强、民族振兴而奋斗的人们

无论什么社会，无论哪个时代

都会有一批为伟大理想而生活，而奋斗的青年先驱者

他们在平凡的生活中，创造着真的不平凡的业绩

他们享受生活，他们追求真理

他们为理想而奋进的脚步声

总有一天会震撼人们的心灵

给历史留下光彩的夺目的一页

陈亚莲

正是21世纪千万个这样的青年先驱者们的缩影

她用自己的生命之花

悟出了西天佛地、西藏高原上

大中华子民们生活的

真实与本质

我的西藏十年——陈亚莲艺术作品集

出版人　　石志刚

作者　　　　陈亚莲
策划　　　　鄂俊大
责任编辑　　鄂俊大
特约编辑　　关峰

文字作品　　胡卓识
作品摄影　　逄小威
总设计　　　谢舒弋
画册设计　　北京冰火写意广告有限公司
　　　　　　梁莉莉　　吕骥　　刘孟辉　　李娜
素材整理　　北京达尔吉民族风情艺术交流有限公司

出版　　　　吉林美术出版社（长春市人民大街4646号）
　　　　　　www.jlmspress.com
发行　　　　吉林美术出版社图书经理部
制版　　　　深圳雅昌彩色印刷有限公司
印刷　　　　深圳雅昌彩色印刷有限公司

版次　　　　2005年9月第1版　第1次印刷
开本　　　　889 × 1194mm　1/8
印张　　　　16
印数　　　　1—3000 册
书号　　　　ISBN 7-5386-1912-7/J · 1593

定价／128.00元（平装）　286.00元（精装）

我的西藏十年

陈亚莲艺术作品集

吉林美术出版社

陈 亚 莲

艺术作品集

我的西藏十年

吉林美术出版社

我的魂融入了绘画　我的心留在了西藏

目录

序

文化是民族的灵魂,艺术是文化的精髓,文化与艺术是维系国家统一和民族团结的纽带。如何在文化建设与艺术创作中培育和弘扬民族精神是每个有社会责任感的艺术家都必须回答的问题。

在中国西藏自治区成立四十周年之际,陈亚莲举办以藏汉团结为主题的"我的西藏十年艺术作品展"系列文化活动并与吉林美术出版社合作编撰出版同名画集,旨在为二十一世纪新的历史条件和社会经济环境下,探索"如何实现文化创新;如何开辟艺术家创作与生存的新路;如何以传统的艺术形式体现、演绎、表达我们民族大家庭中兄弟姐妹身上所富含着的优秀的传统文化;如何以现代文化产业和现代媒体展示真正代表大中华民族精神风范的意志和品质"进行一次有益的、大胆的尝试。

二十一世纪,是中华民族步入辉煌的世纪。一个伟大的民族,面对世界的绝不是苍白、肤浅。我们有责任用绘画艺术这种世界语言清楚地告诉世界:真正意义上的中华民族精神与民族文化传统,是贯穿于中华民族发展始终的生命力所在;是我们对生活的根本理解;是五千年华夏文明、智慧对自然和社会的总认识;是炎黄子孙根本的生活准则;是勤劳、勇敢、善良、优秀的中华民族的一贯追求。

四海一家,中华一体。中国五千年的文明历史,积淀形成了"中华大一统"的本土文化。这种文化,使得华夏民族繁衍发展、生生不息,在漫长的历史长河中,闯过了无数战乱灭族的险滩和民族分裂的暗礁。民族兴旺、经济繁荣、天下统一、中华一体,成为自秦以来历代君王和炎黄子孙、有识之士的一种人生追求。

党的十六大之后,以胡锦涛同志为总书记的新一届中央领导集体,为推进西藏大开发建设提出了"牢固树立和认真落实科学发展观,努力实现经济社会跨越式发展"重要的发展思路。

今年,胡锦涛同志强调,要"十分珍惜大好形势,十分珍惜历史经验,十分珍惜宝贵机遇,"强调坚持"实干兴藏、创业富民"。《我的西藏十年》是陈亚莲作为一名年轻画家,在过去的十年中,坚持深入藏族地区,实干、创业、探索、追求的真实写照。

绘画艺术作品是凝固的乐章。过去的十年,陈亚莲着力用鲜活精致的画面和优美翔实的文字,展现着祖国西藏的壮丽河山,记录雪域高原人类的生存文化。

过去的十年,她努力用有生命、有穿透力、代表着用全身心去奉献的艺术线条,再现藏区社会经济的迅速繁荣与发展;表达藏族同胞的思想、感情、信仰和追求;展示在这世界最高地域所发生的一个又一个生命的奇迹。

陈亚莲虽然还很年轻,但她的画笔触苍辣,画法准确到位,对人物情感的刻画像一位六十岁的长者。特别是那种悲天悯人、关心劳苦大众的情怀,是大中华子民宽容、善良心理的突出体现。

二十一世纪,网络技术的发展,使世界成为地球村;知识经济的来临,越来越深地影响到一个国家和一个民族的兴衰存亡。落后必然挨打,分裂必然因弱小而走向衰亡。我们由56个民族组成的大家庭中,兄弟姐妹之间太需要相互交流、相互学习、相互理解。这份重任,历史地落在了有责任感的艺术家肩上。陈亚莲认为,作为一个画家,她即使不能像"清明上河图"那样完整再现史实风情,也要把自己过去十年之中太丰富的对藏族人民生活的体验:把她眼睛中看到的太多的东西、太多的事实;把她对藏族兄弟姐妹太多的感激与情怀表达出来。她认为自己有这个能力,把建立在一定艺术高度上的这种情绪,这种对人物感情的细腻推敲,这种悲天悯人的情怀,关心劳苦大众的情绪表达,切合国人心理的场景烘托,特别稳定的放在一张纸上面,沉淀在每一笔苍辣的笔触之中。而且让所有的人看到后都会有感觉,都会为之动容,这就是陈亚莲的艺术追求。

我想这只是一个开始,今后的她不仅仅是表现西藏,还可以用她的绘画语言表现任何一个民族,如彝族、壮族、傣族、新疆等等,也可以去表现汉族。让艺术为民族团结服务,这就是陈亚莲的艺术观。所以画家们未必要按照折枝花卉弄一个大牡丹,画上千万遍不放过,给人造成严重的视觉疲劳。艺术品应该是这样的充满激情和创新。

陈亚莲办画展的目的,就是想通过表达她的艺术观点和艺术追求,希望得到懂得

"在文化建设与艺术创作中培育和弘扬民族精神"的高端媒体人士的关注，以共同唤起艺术家们的社会责任感与使命感。她认为，真正意义上优秀的文化艺术创作，应该是弘扬民族精神的思想动力；是传承文明、崇尚科学、造福人类的人生追求；是对人生价值的根本理解，是中华民族繁荣昌盛的生命力所在；是通达的友好之邦注重国际合作与交流的真实体现；也是"建立和谐社会"伟大战略思想的最好实践。

我认为无论什么社会、无论哪个时代，都会有一批为伟大理想而生活、而奋斗的青年先驱者。他们在平凡的生活中，创造着真的不平凡的业绩。他们享受生活，他们追求理想，他们为理想而奋进的脚步声，总有一天会震撼人们的心灵，给历史留下光彩夺目的一页。

陈亚莲正是 21 世纪千万个这样的青年先驱者们的缩影。她用自己的生命之花，悟出了西天佛地、西藏高原上、大中华子民们生活的真实与本质。欣赏她的作品，对于我们加强民族大家庭成员之间的相互认识、了解与沟通；对于我们感受和体察兄弟民族父老乡亲们的生活现状；对于我们挖掘他们身上珍藏着的、封存着的、扎根着的大中华民族精神的坚韧与执着、纯朴与善良、安和与勤奋的丰富内涵，都起到了其它手段和其他行为所根本无法企及的作用！

仅从这一点上讲，她对民族团结产生的推动力，甚至远远超过了一个画家在艺术上的贡献。

陈亚莲们的成功，是我们这个时代民族气节和雁过留声、位卑未敢忘国忧的伟大民族精神的真实体现。因此，《我的西藏十年》展示的文化：是坚持"弘扬爱国主义精神"藏汉团结的理念文化；是展现着祖国藏区的壮丽河山、灿烂文化、风土人情的视觉文化；是艺术家创作与生存探索的行为文化！

《我的西藏十年》收藏的史料：是藏区各族人民荣辱与共、共同成长的珍贵史料；是展示雪域高原的主人们人生观、价值观、道德观的珍贵史料；是记录地域经济发展和藏民文化生活改善的珍贵史料！

《我的西藏十年》表达的需要：是艺术家对自身生存与创作价值审视、研究、整理的需要；是迎接世界经济迅猛发展的挑战、发展藏区文化产业的需要；是重新认识自身生存状态、扬长避短、从容应对的需要；《我的西藏十年》弘扬的民族精神：是艺术家们"位卑未敢忘国忧"的爱国主义与民族责任感；是"荣辱不惊，富贵不淫，贫贱不移，威武不屈"的民族气节；是中华民族生生不息、自尊、自信、自强的民族品格；是龙的传人"修身、齐家、治国、平天下"，实现民族伟大复兴的人生追求！

综上所述，一位完美的艺术家其人格品质的社会垂范作用和对民族团结产生的推动力，应该超越她在艺术上的贡献。

最后，我用陈亚莲的话作为这篇前言的结束语："我要把我对藏族同胞的全部情感，对藏汉团结的全部期望，对艺术创作的全部热忱和十年以来的愿望汇聚成一声发自心底的呐喊：愿《我的西藏十年》将会成为民族团结的使者，艺术创新与交流的桥梁！"

袁大离

2005 年 10 月 16 日于北京

漫漫西藏路　开启了我心灵之窗

十年赴藏行程图

1995–1996 北京→兰州→甘南藏族自治州(观看展佛节)

1996–1997 北京→兰州→甘南藏族自治州→若尔盖(进川藏看藏戏法会)

1997–1998 北京→兰州(画展)→成都→拉萨→日喀则→江孜→格尔木→西宁→兰州

1998–1999 北京→兰州→甘南藏族自治州

1999–2000 北京→西宁→(恰卜恰)→黄南→玉树(结古镇)→智多→可可西里→果洛→阿坝

2000–2001 北京→西宁→巴颜喀拉山→清水河→玉树→襄欠→结古→西宁

2001–2002 北京→西宁→青海湖(放宝瓶)→歇武→玉树→西宁

2002–2003 北京→成都→康定→甘孜州→马尼干戈→德格→白玉县(亚青寺)→成都

2003–2004 北京→成都→拉萨→纳木措→成都

2004–2005 北京→纳木措→阿里

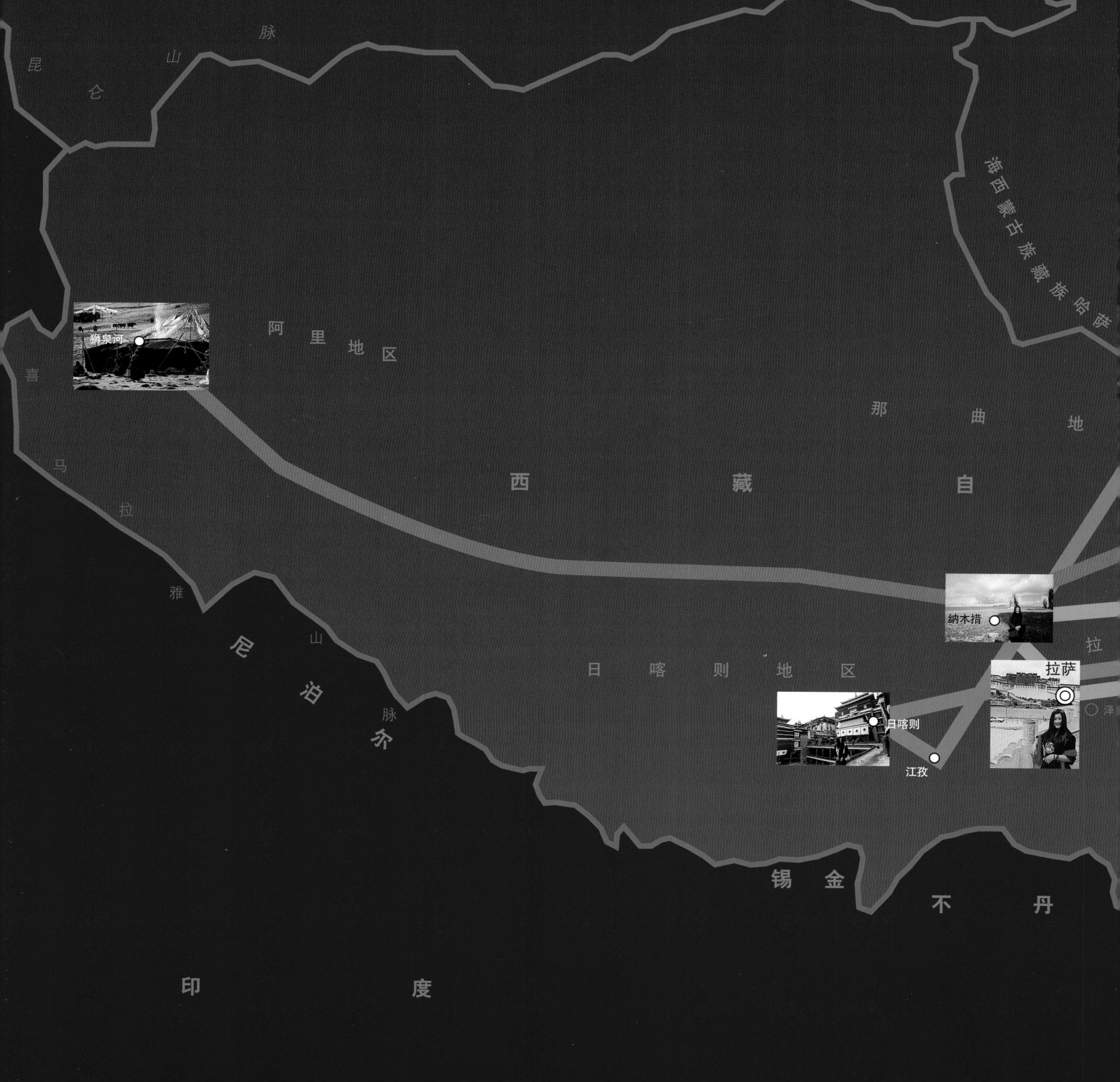
新疆维吾尔自治区
昆仑山脉
海西蒙古族藏族哈萨
阿里地区
狮泉河
那曲地
西藏自
喜马拉雅山脉
尼泊尔
日喀则地区
纳木措
拉
拉萨
日喀则
江孜
锡金
不丹
印度

僧 ◂

藏族地区僧人众多，他们主要是由经师、活佛、老中青喇嘛和阿卡等组成，他们是藏区最博学和受人尊重的。西藏的神秘文化主要是由僧人们一代一代传承下来。

创作时间：1999 年—2001 年　　尺寸：**3.22m × 1.88m**

人的历史感与使命感

胡卓识💬：有的人一生下来，就肩负着某种说不清的使命，像是从骨子里带来似的。北京大学哲学系教授何怀宏说："使命是一个人自我意识到的理想和命运，并且愿意承担这种理想和命运。"他说，青年人必须自己去选择理想，在生活中不断地修正，并将理想化成自己的血肉。你怎样看这个问题？

💬 陈亚莲：自从改革开放以来，很多人都在拼命地努力，考大学，赚钱，等等，但是很少有人谈到一个人应有的对社会的责任。

💬：对，现在大多数人总是关心我的工作怎么样，生意怎么样。

💬：我觉得一个人一生下来，对社会，国家民族，甚至整个地球都应该是要有责任的，而且最重要的是你作为一个汉族人，应该学习先人，"先天下人之忧而忧，后天下人之乐而乐"的精神，不能说你自己吃饱了，就什么都不管了。我想我们汉民族已经有五千年的历史文化，这么悠久，但却总是伴随着非常苦难的命运，为什么甚至到现在总是有一种说不出的那种屈辱感。

💬：中华民族在五千多年的历史发展中创造了举世闻名的灿烂文明，曾经长期走在世界前列，但是，由于封建的腐败和束缚，中国渐渐落后了，从1840年起，中国屡遭帝国主义列强的侵略和践踏，国家主权和领土完整不断受到侵蚀，中华民族的灾难日益深重，中国人民奋起抗击外敌入侵，又一次次遭到失败，直到，中国人民抗日战争的胜利，才结束了这屈辱的历史。

💬：在这样的历史状态下，我总觉得现在我们整个社会的凝聚力在丧失，人和人之间离得很远，大家在赚到钱的同时有没有想到要为国家做点儿什么，国家还有什么困难，我们在世界舞台上到底是个什么位置，为什么我们生来就要承受这些，就像总理说的，积重难返，我觉得作为一个艺术家我们应该尽我们的微薄之力。

💬：艺术生命只有和时代和社会结合在一起，才会更饱满，仅仅表现个人的东西就太渺小了，哪怕你技术再娴熟，也产生不了伟大的作品。我觉得你的优秀在于，当许多人只顾自己，一味地散下去的时候，你却和他们逆向而行，你走向了更广大的人群，更广阔的一片土地。

💬：很多人说你去团结西藏，你一个人能有多大的力量，你只是个平民百姓而已。

💬：其实真正的英难正是在民间。

💬：但是我就给他们回答一句话，千里之行始于足下。如果每个人都不去做，只靠国家的政策指导，力量还是微弱的，必须靠大家同心协力才行。你比如现在的藏族问题，台独问题，一小撮别有用心的人他们在世界上发出的声音，一定程度上影响了我们国家在国际上的形象，在美国，大家都会为他们是美国人而感到自豪，可是我们有些同胞，有的一加入美国国籍，竟然说你们华人怎样怎样，让人听了很是伤心。所以我觉得在目前的情况下，我们更需要一种民族的凝聚力。

💬：八十年代曾提出过一个口号叫"从我做起，从现在做起"我想这个口号还应该在今天发扬光大。我们这代青年一定要担负起历史的使命。

💬：是啊，我为什么要在人民大会堂举办画展，有人说你这样的画应该在中国美术馆做，而我认为人民大会堂，它是人民的会堂，而我正是在为人民服务。

💬：你在发出他们要发出的声音。

💬：我非常了解藏族人民，我也很了解汉族人，我一直在努力学习着，而且我是个非常敏感的人。

💬：我觉得你就像一座桥梁，用自己的血肉之躯，架起了藏汉两族人民的友谊，让他们更加紧密地联系在一起。

💬：我每次去西藏，无论是捐钱，还是帮他们联系生意上的事，都希望通过自己的努力，能让各种绘画艺术，西藏的家俱艺术，以及其他的民族文化在世界上更广泛的得到传播。在目前的历史时期，我认为只有国家真正富强了，才能有各民族的共同进步和发展。关于民族问题，我们只有正视自己的隔阂，才能了解矛盾的综结，其实就像两个人之间，如果有了矛盾，你就要排除个性，提倡共性。在西藏，他们并不是对藏传佛教就是怎样怎样的执著，他们并不排斥先进文化，比如汽车，电脑，还有一些先进的东西，他们都非常愿意接受，愿意与时代共同进步。现在国家在建铁路，他们有飞机场，有自己的电视台，等等。我想无论是西藏人民，还是新疆人民，中国的五十六个民族都会以我们是中国人而自豪。这就是我认为我们的历史可以达到的未来，只要我们坚持不懈地努力，我也希望自己能以身作责，带动更多的人走进西藏，星星之火可以燎原。

💬：我想你已经做了一个先行者。

💬：我已经带动了一批人，我相信我还能带动更多的人。

穿越 ▲

静心修行的喇嘛穿越世俗情感的诱惑，达到心内最终的安宁。

创作时间：1999 年 3 月　　尺寸：27.2cm × 24cm

镌刻的记忆

藏族人民的生活历代以来都与玛尼石刻密不可分，对经文的崇拜，使他们获得了心灵的慰籍和对美好未来的向往。玛尼石刻艺术也成为西藏文化的典型代表。

镌刻的记忆 ▶

藏族人民的生活历代以来都与玛尼石刻密不可分，对经文的崇拜，使他们获得了心灵的慰籍和对美好未来的向往。玛尼石刻艺术也成为西藏文化的典型代表。

创作时间：2000 年 7-12 月　　尺寸：1.34m × 2.1m

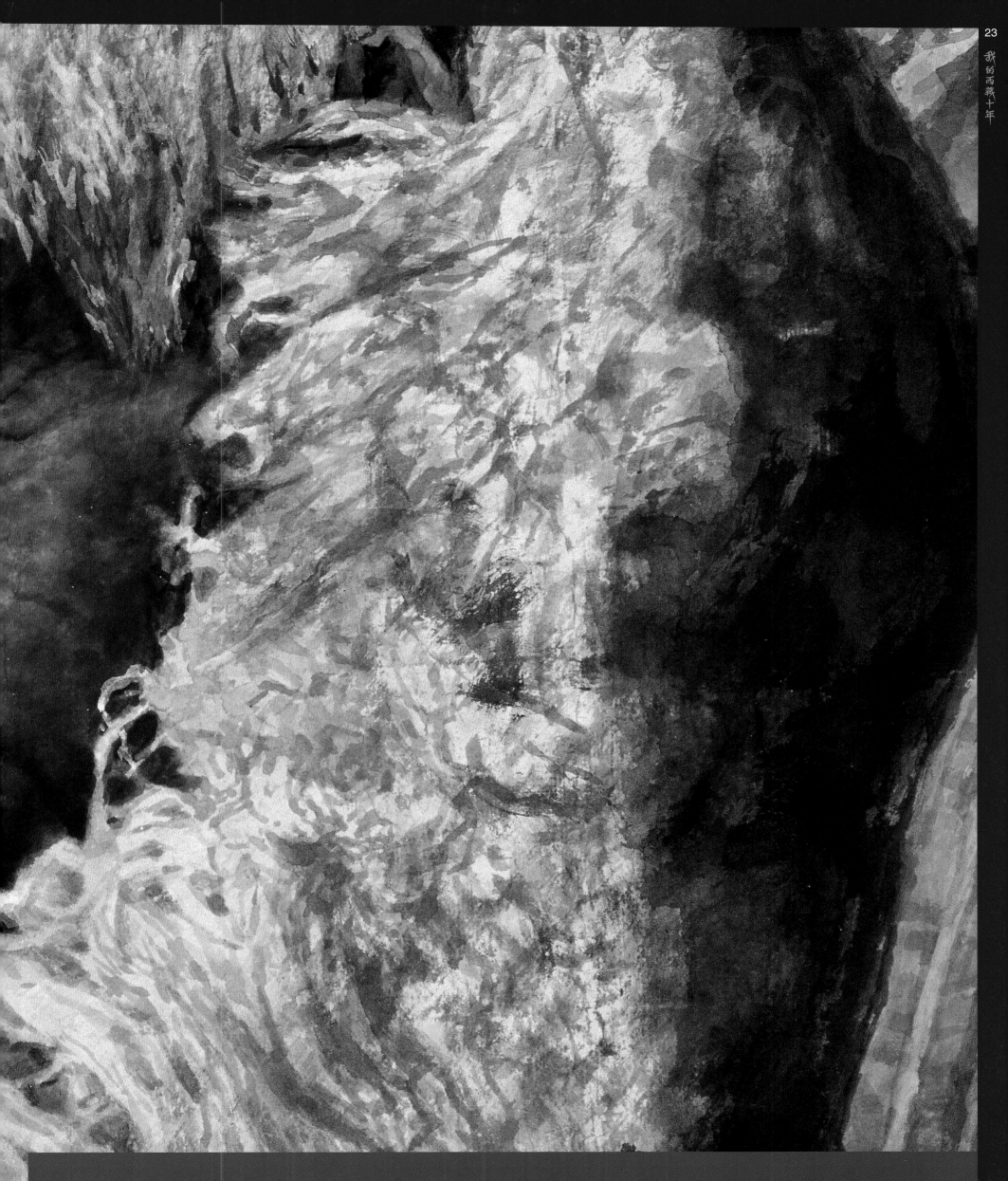

※ **加那玛尼**

　　崭新的岁月漫步在高原的风里，鼓声颤动的傍晚，黄昏褪去了云彩的羽衣。神魂披着霞光在时间的长河里跳生命的舞蹈。泪水收去了埋藏在心底的苦难，苦难是邪恶的手臂挥舞下来的雨滴，浸在心里。更高远的事情是在未来。那些斑斓的玛尼石上雕刻着关于解脱的经文。飞沙卷走了回忆。神鹰在饱餐的时候从天葬台上飞来，它是人类最后布施后供养的天使。风放飞了最后一抹夕阳，我们才知道，光明其实就在黑暗里。

※ **走出马尼干戈**

　　有一天，一匹马运载我到了一个与我所在的城市截然不同的地方，我无法阻挡，我相信这是一种必然，于是我顺着它裂开的缝隙重新寻找，真正深入到里面的人是能够懂的。

　　有花朵的地方没有果实。

26

觉悟坚赞巴 ◂

藏族人有许多都是虔诚的佛教徒，特别是中老年人。沧桑的皱纹见证了他们经历的风霜，坚毅的眼神透露出他们内心对佛法的虔诚和信心。

创作时间：1998年—1999年　　尺寸：1.82m×1.03m

※ 宽容之美

这是个缺乏爱的时代，我们举起智慧之剑，奋力冲杀的时候，别人就成了看客。做被人看的影像或成为一道风景与故事是悲哀的，没有舞台的演出就像是没有穿上衣服的人在街上行走。就像那个四月的春天，我被赶到了沱沱河边。

随后我看到了那部电影，它的名字叫《霸王别姬》。

刘邦的胜利，进入历史，掌握政权，拥有辉煌，项羽在那条河边死去，或许正因为是刘邦他们才可以主宰别人的命运乃至生命。

项羽拥有爱情，刘邦拥有权力。在这个"物欲泛滥，文化呻吟"的时代，谁又能真正地说得清楚。这是一个世纪的哀愁。或许我们都该戴上一副面具，离开那条各拉丹东之河，当我们离开这爱的樊篱与牢笼，我们的头脑会告诉我们怎样击退自己贪欲的进攻。

你要知道永远不说出来的话才是最强有力的声音，永远不出击的剑才能击退一切进攻的敌人，它不是一把实际存在的剑，它是一种气势，它在高山之巅，它在比天空和海洋更广阔的胸间。

在这个夏天以后我学会了爱，我懂得未来的日子里我该怎样去爱。这个纷乱而又孤独无助的时代里，我会爱一切弱者的哀愁，我进入那片海洋，告诉他们面对残酷应该怎样承受苦难，我与他们一起感受悲伤，我把我的心放在更多的人群与土壤中。我学会了宽容，我知道怎样去宽容那些依旧被贪欲缠绕的人所犯下的种种罪恶。我认为没有没有罪恶的地方，因为任何事物都有两个方面，甚至我们自身也一样充满了矛盾与分裂。

※ 龙宝滩的黑颈鹤

有一只黑颈鹤在水面上栖落，有人说，那是度母的使者。它从遥远的地方飞来，穿透花朵。欲望变得空荡起来，有时像一条船，又无法控制自己的航程，那些水面总能诱惑它们的摆渡。

而我何时才能亮出我的伤口，那龙宝滩上的度母的使者。

我现在只在回忆的时候，才能看见那一抹亮光。

升腾 ◂

图中的老阿妈正在朝拜的旅途中，成为度母一样的飞天，往升极乐世界是她的梦想。

创作时间：1999年11月—12月　尺寸：1.82m × 1.03m

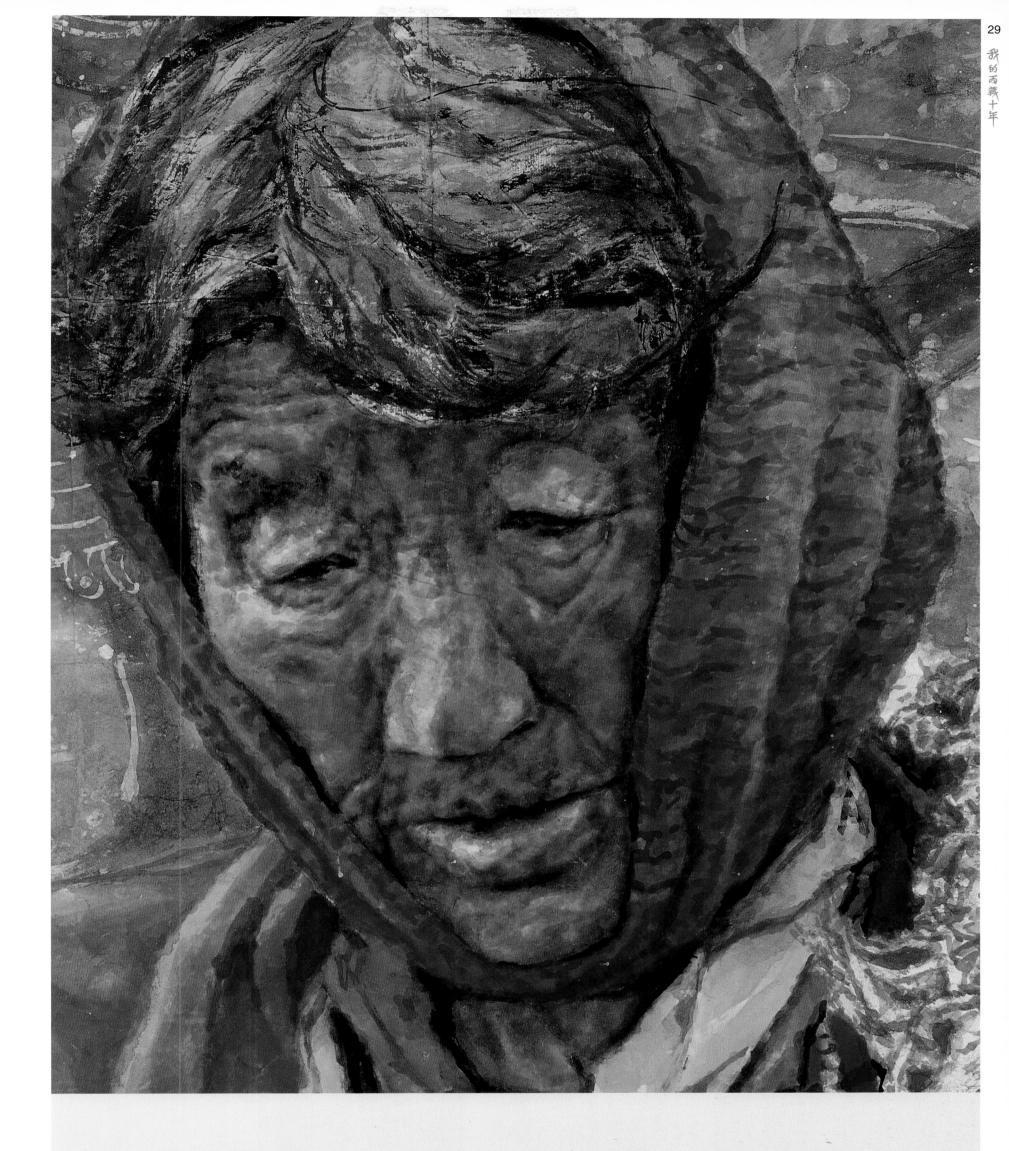

※ **蜕变**

　　有一个人对我说过，你知道煤是怎样变成钻石的吗？他说，煤经过锤炼，或者说是改变之后会变成钻石，变成钻石以后的煤所含的元素与原来的煤是一样的，但钻石是经过几千年甚至几万年的漫长时间，有一些煤可以，有一些煤却不可以。

　　没有变成钻石的煤会燃烧自己，最后化成碳与灰。钻石固定为稀有金属，它的生命就没了，它被看作是一种物质，那是一种固定。所以，重要的是变成钻石的过程，那个经历风雨，被蚕食与腐化的过程，才是钻石本身的价值。

　　种子落入土里才能生长。

　　种子变成树应该牢记土。土还会去覆盖更多的种子，这样，森林里的树木才不断增长。

1	2
3	4

转经

代表藏族生活中最常见的景象，他们认为转一遍玛尼筒就相当于念了里面所有的经文，会给自己带来好运。

创作时间：2000年3月　　尺寸：33.2cm×24cm

父爱

世上最珍贵的爱除了母爱便是父爱，也是人类最值得去赞颂的情感之一。

创作时间：2000年5月　　尺寸：33.2cm×24cm

若尔盖民风

若尔盖地处甘藏和川藏的交界处，也是风格特点比较明显的地区，那儿盛产木材。

创作时间：1998年3月　　尺寸：33.2cm×24cm

卓玛

甘南拉卜楞寺的小姑娘，活泼可爱。

创作时间：1997年2月　　尺寸：27.2cm×24cm

眼镜 ▲

阿里地区的老人自制防风眼镜，以抵御雪盲。

创作时间，1996年8月　尺寸，27.2cm×24cm

在它们的眼神中　你似乎也看不出生活是如此的艰辛

迁移之前 ▶

藏族人每年都必须要不断的迁移住所以找到更好的牧场，孩子们无奈的离开，心里却留恋那曾经生活过的地方。

创作时间：1997 年 10 月—12 月　　尺寸：1.03m × 1.78m

酸梨 ◂

酸涩的青梨如步入晚年的人生,种种磨难度过以后,只剩老俩口相扶,相伴,共
同祈祷那来世的欢颜。

创作时间:1997 年 3—7 月   尺寸:2.3m × 1.57m

※ **记西藏老人**　酸梨

　　那样的面孔我曾深深的印在心里，牧民脸上的皱纹像河流或山脉，起起伏伏，那每一个山道每一片谷底积聚的都可能是命运的碎片与往事的印痕。他们的嘴唇失去血色，坚硬而干涩，眼睛埋在山谷与河流中遥望远方，还会有泪水在里面缓缓涌动。那时候，一定会使我想起往日的时光，那些欢乐与痛苦。只有回忆能让我不断的哭泣。

　　有一天，我老了，我坐在山上，看见那些过去的日子正在向我走来，每一个年代，每一段时间，每一天，每一夜，我看见他们，他们的影子，不，不是影子，他们在走，一直不停地走来。我听到我们唱过的歌儿，我们说过的话，我又望到了他们的脸，在阳光下，明亮美丽，他们穿的衣服的颜色，样式，全部呈现出来。他们走到我面前，告诉我幸福是什么，他们说，幸福就是驰骋在草原上像鹰一样展翅飞翔。

关注底层人的生存

胡卓识 💬：以人为本，就是一切从人民群众的需要出发，促进人的全面发展，实现人民群众的根本利益。前一些时候我们的领导者还提出了一个关注底层人生存的问题，底层人也就是弱势群体，是指由于自然，经济，社会和文化方面的低下状态而难以像正常人那样去化解社会问题造成的压力，导致其陷入困境，处于不利社会地位的人群或阶层。你怎样看这个问题？

💬 陈亚莲：关注底层人这是非常重要的，其实我觉得中国还有很大的一部分人生活在社会的底层，包括我去的那些偏远的藏区，他们有的连学校都没有，水呀电呀也没有，所有像我们现在人所拥有的先进的东西他们都不具备，我想以人为本在藏区的很多地方还远没有实现，所以我们也希望加大力度早日使他们摆脱现状，使他们更快地跟上时代的节拍，而且不仅仅是西藏，整个西部地区相对于整个国家的发展也是落后的，所以我们全国人民都要尽自己的力量去帮助他们，像我画画，有的人就说，你画西藏为什么不画一些像朝拜呀，漂亮姑娘呀，美丽的服饰等等，为什么总是画一些已接近生命尽头的老人呢，我觉得我在陈述一个即将消失的历史，如果我们现在不去记录这些古老的藏式传统，我们很快就会看不到了。我们的现代化的工业革命很快就会淹没这些古老的文化，所以我要加快速度，像我用了十年的时间去西藏采风，目的就是要记录它们，随着火车的进入，在西藏很快会崛起一座座高楼大厦，当然现代化的建设也不是不好，开汽车比骑马总要舒服得多，像毛主席说的，打碎一个旧的世界才能创造一个崭新的世界，这也是很好的。但我们现在需要思考的是我们应该怎样既发展了现代化又保持了原有的高原文化，我认为这是非常重要的。人类的历史总是向前发展的，我只是尽我所能用画面，照相资料等把它们记录下来，像过去也有很多画家进藏写生，但那时由于技术的落后，拍不到这么清晰的照片，留不下更完美的资料。

💬 其实我觉得我们应该把现在最先进的顶级的技术与古老的高原文化相结合，找一个融合点，既不让古老的文化消失，而同时又能渗透进我们的先进的文化。社会发展的力量来源于最广大的人民，而发展的成果也必须要惠及到最广大的人民群众，这也是以人为本的发展理念。

💬 怎样使它们不消失，我觉得就是你把它们记录下来，就会永远存留下来了。

💬 有的人是用文字记录历史，而你是用画卷，用自己非常深的生命感受和心灵。

💬 在这十年的时间里，我是和藏族同胞同甘共苦，共历生死的，我曾经和他们一起用三天两夜翻越了阿尼玛沁雪山，一起穿越了阿坝林场，在山体滑坡最危险的情况下，穿越了川藏林场，这中间跟我一起走的还有一位战士和一位连长，还有在翻车时和他们一起逃命，这样的经历我并不把它当作一种磨难，而是一种积淀，只有这样深厚的积淀，才会使你非常完整地了解他们，深入他们，理解他们，然后才能谈到团结问题，一个你并不理解并没有用心去热爱的民族是没有条件谈团结的，所以我更关注底层人的生活，你比如在藏区有很多优秀的青年，他们考上了大学，生活也很好，他们不需要我去关心，倒是那些生活在贫困地区的失学儿童才需要我的帮助，所以我画了《民以食为天》《晌午》。这么多年来我一直在尽我自己的能力帮助藏区建学校，但个人的能力毕竟是有限的，我们必须要通过正规化的路线，与国家级的政府部门联合起来，这样力量才是强大的。而艺术家要比普通人的感受更为强烈，艺术作品的成功也在于你是不是真正正视了历史，有没有唤起人心灵中最敏感的那根神经。

人间 ▶

人类自古以来就是扶老携幼，一代又一代的延续着从出生到苍老的过程，新生的儿童总是在老人的背上、手里、怀抱中，呵护下健康成长。背后的壁画是古代藏族祖先的石刻岩画，借此古老壁画喻意生命的传承。

创作时间：1998年3月—8月　尺寸：1.26m × 1.95m

创作时间：2000 年 11 月　　尺寸：33.2cm × 24cm

※ **酥油灯**

河流应该拥有灯塔。在航行的路上，酥油灯放射永恒的光芒。

※ **青稞**

九月，田野里的青稞开始成熟。

土壤丰厚与肥沃，像母亲的胸怀，那是多么亲切的手臂在把你推出层层覆盖的冰川与峡谷。

※ **纳木错的星光**

我只在沉默的时刻才会祈祷，就像在星光灿烂的天湖边漫步一样，

那种声音只有你自己全部空无的时候，布达才能够听到。

渐渐地我开始明白，一件事情的发生，发展与结束都有它自己内在的规律。

在一个篝火燃烧的夜晚，牧人满怀微笑向我走来，他们说，在你悲伤的时候，我们同样感到悲伤，在你快乐的时候，我们深深地为你祝福。

与我站在一起的人，给我鼓励与支持的人，

我会永远记住他们。

春风吹来的时候，

我走了，

我想这一次我会走得很远，什么时候能够回来或者能不能回来我都不知道了。

我在每一个旅程上，

都能听见那首寒冬时节飘荡在高原上的歌。

我喜欢在沉默中离开它们。

水暮年华 ▶

西藏的石头上刻了很多远古的图腾，苍老阿妈的面庞也如那岁月之痕。

创作时间：2000 年 11 月　　尺寸：33.2cm × 24cm

※ **命运的金山上**

　　生活教会了我忍耐孤独，生活也使我领略了怎样去唱那些没有音符的歌。

　　一个非常完整的叙事变成了一种抒情与象征。我确信所有最后形成的状态，都是命运安排的必然结局，不要为我悲伤，命运告诉我们，忍耐，是长久的，当你把痛苦也看作是一种幸福的时候，阳光就会从天上飘落到你的身边，用它宽厚仁慈的手掌抚摸你的悲伤。它站在你的身边，在火红的太阳升起的时刻，给你唱金色的歌，

生命的曙光 ◂

此幅作品集中体现了藏族人在朝拜之
旅中的艰难及藏族少年儿童对人生的
思索，滚滚的黑云表示人生的磨难，而
少年那坚毅的表情和背后的曙光象征
着生命的希望，那少年的心情也是我
多年来进藏之旅的真实写照。

创作时间：2001 年－2005 年
尺寸：3.22m × 1.88m

它说，那是有灵魂的人才能听到的声音。好的日子还在很远的时光里。死亡带不走花朵的芬芳。

　　智慧格外宠爱听话的孩子，听话不意味着软弱，沉默也不表明你的认同，它只是你与别人不一样的生存选择，没有什么事情是固定不变的，布达知道哪些声音是对的，哪些声音是错的。

　　人被贪欲笼罩的时候，心里的树就停止了生长。

※ 艺术的曙光

在藏区回来后的日子里，她拥有着回忆的幸福，在追寻往日的时光中找到心灵的快乐，她不停顿地沿着自己构想出的碎片飞速前行，在前进中寻找，拼贴成她所愿望的样子，那些虚幻的影像在黑暗中放射光芒。作品一张张勾勒又一遍遍驱向成熟，艺术成就的曙光在她的面前展开。

从废墟中站立起来的人是坚强的，她捣毁了最后一座绘画语言上的堡垒，战胜了所有理解上的鸿沟，她现在可能一无所有，两手空空，但她拥有了一个全新的自己，她给自己戴上了一顶自由的桂冠，从此她将不怕任何风浪击打。她能够开创一个崭新的世界，她将是那个世界的主人，不可摧毁与战胜，鲜花与荣誉永远属于她。她是个坚强的战士。

※ 真理之门

获得真理的人总要经过千难万险，如果你想到达那个要去的地方，你必须能够承受痛苦、忧伤、离别，甚至是死亡的威胁。

于是，我不停地奔走，我去了一个地方，然后又离开一个地方，我到达了很多至今我仍叫不出名字的山地与村庄，我看见了以往时光里仍然伫留在那里的人们，依旧过着平静安适的生活。岁月一轮轮地转过去，他们一天天地变老，像树的叶子一样一年年飘落，又在春天生长。我为自己寻求答案，渴望了解更多事物的内涵，打开一个包藏了很久的盒子，发现里面其实什么也没有，我渐渐明白，是因为我的眼睛太注意这个盒子本身，而忘却了我们自己其实才是那个最真实的盒子。我们往往在很细小的事物上忽略一些东西，总去探求更为充满神奇与奥秘的远方的事物，却看不到眼前近处的存在。

年轮

老人和儿童代表生命的年轮不断延续。

创作时间：1997年5月—9月　尺寸：1.03m × 1.69m

姐妹 ▲

藏区很多地方沙化以后严重缺水，小姐妹们每天都要在风沙中去背水，生活条件恶劣，此图表现藏族姑娘抵御外界恶劣环境时的坚韧精神。

创作时间：1997年3月　尺寸：0.74m × 0.6m

※　重返拉萨

　　我在七月的夏天重新返回梦想开始的拉萨，飞机降落在贡嘎机场。雾还没有散尽，我开始喜欢这个沾着露水的早晨，我意识到这个时辰，是一个充满希望的世界诞生前的预兆，它是太阳升起前孕育力量与光明的时刻，积聚的越深，喷薄而出的晨曦才越能持久并且延续到黄昏染红天边，映出晚霞的温馨。而黎明前最黑暗的那个瞬间，是要用更大的努力来冲破。现在，就是这个时候，我从飞机上走下来，我感到浑身正在燃烧的热血已经抑制不住地冲出胸口，漫延至全身，血液涌上面庞。

　　拉萨河还在快乐地流淌，新修的公路上，穿梭着各种新型的车辆，布达拉，我回来了，又回到了那熟悉的地方，我的西藏。

※ 冰河

　　我不愿重新回头遥看，我也不想去重新获得一种崭新的思想，我只知道转瞬即逝的是什么，永远流传的又是什么，我看见了冰河裂开时，河水卷着白色的浪花奔涌向前，因此我不计较任何得到的以及失去的。

　　我始终相信自然是宇宙听到了一种声音，然后才有了那些应该残缺的和不应该销毁的。谁的手都没有权力抗拒这个意志，因为它来自轮回的心灵与我们肉身之外。我坐在那棵树下，听见一首歌儿从天上飘来，那些往昔的时光在现实的草坪上穿越，一只鼠兔悠然闪动间穿入荒草深处。

　　以后，春天就到了，春天到的时候，就飞来了那些蝴蝶。我总是在夜晚看见它们，我相信它不是来自刚刚过去的冬天，它们来自于那场燃烧的火焰中，来自那些格桑花的祝愿里。

※ 天湖

　　当我站在外面的时候，我才真正体味到爱其实就是一种进入。就像种子进入土里，就像鱼游在水里，就像树叶长在树上。爱是一个整体，是一种融合。在顶峰，茂盛的时候，任何事物都会消亡。

　　人类的历史，也是在一次次永恒轮回中书写它的歌。而历史有时真像一面镜子。我们的头脑在黑暗中穿越夜空，进入黎明。当早晨第一抹晨曦出现的时候，那扇窗子里进入了阳光。心放在了爱那里。爱是一个容器。我们没有错过爱，我们在那个夏天进入了爱。爱是一个天湖，爱不是海洋也不是天空。没有进入爱的人拥有他们的头脑，他们不去跳这种生命的舞蹈。爱是一个高潮，在浪尖上呼喊与欢笑，随后古兰的湖水淹没波涛。

　　爱把我们推入了旋转的朝拜之旅，在它们奔跑的时候，我们进入了风。在风里我们只有变成鸟才能够飞。

玉树情侣

康巴小伙子要去远方打工了，心爱的姑娘依依不舍的目送情郎离去。

创作时间：2002年9月　　尺寸：1.02m×0.74m

快乐的蹄声

牛儿轻松的在草原上行走，像在跳着欢快的踢踏舞。此图牦牛用笔精炼是画家水墨小品里非常精彩的一幅。

创作时间：2002年8月　　尺寸：0.8m×0.62m

玉树草原风情

康巴地区的牧民正准备给牦牛们装上牛鞍子，开始新的迁徙的旅程。

创作时间：2002年7月　　尺寸：0.74m×0.97m

老老的白牦牛

我隔壁帐篷前，常有一只白白的老牦牛，每天静静地看着我走来走去，眼神慈祥而温柔。

创作时间：2002年7月　　尺寸：0.75m×0.97m

那里　点滴间凝聚了千年沧桑　我也许只悟到了其万一

现实主义在当今中国

胡卓识 💬：我觉得一幅好的作品，应该是既要唤起人类的理性，也还要唤起人类的感性，它要满足人们的审美感受，创造出宁静，和谐而又意义深远的画面。在传统美学中，画家真诚的情感以及表现生活真实的现实主义作品总是具有震撼人心灵的力量。八十年代早期，陈丹青画过一些西藏题材的作品，之后，很多年再没看到这么饱满这么震撼人心的东西，直到看到你的画，心里像是突然有种什么东西被拨动起来，在你的画面中我看到了一种精神。陈丹青的《西藏组画》和罗中立的《父亲》继承了现实主义的传统，但随着中国社会快速进入了市场经济时代，现实主义题材的作品越来越不占主导地位，现在的美术界似乎更喜欢现代主义甚至是后现代主义的表达方式。

💬 **陈亚莲**：美术界我觉得必须要改变一些不正之风，很多现在画画的小孩，在他们看来好像不用扎实的功底也可以画出抽象的艺术，一些生活在画家村的人，他们过份强调个人主义，强调扭曲的心灵感受，这是不对的。当然我也在画家村呆过一段时间。我认为我们必须在一个健康的心态下去从事艺术创作，这个健康的心态就是我们要正视真正的环境，你比如，我画的那幅《曙光》，许多人就问我'你为什么让这个小孩穿校服，而不画成穿藏装呢？'我说他现在就是穿校服的，他是学校的学生，他随爷爷奶奶去朝拜，他其实并不了解朝拜的意义，他也在考虑，是朝拜可以打开我的智慧，还是坐下来踏踏实实去学习能有个好的未来呢，儿童在他幼小的心灵里，他还会有许多疑惑，这就是现实的问题，我觉得艺术作品应该更深地扎根于现实。

💬：现在有一种风潮好像是越是看不懂的，就越是好的作品。

💬：是的，我对看不懂的艺术还是有一些看法的，我觉得艺术作品它的文化意义是能启示观者的心灵，能让观看者引起共鸣。看不懂，又怎么去共鸣呢？目前美术界的现状非常不好，中国没有一个非常好的美术馆，有一些优秀艺术家的画应该被国家收藏，当然现在国家也正处于发展阶段，也许以后会有固定的场馆，可以长期展览那些有现实意义的绘画。绘画它在中国五千年的文化传承中，记录了历史，为了让后人看到我们今天的历史我们应该保护好那些具有重大意义和艺术价值的作品。

💬：你现在是在用国画的方式在做油画吗？

💬：也不是作油画，是在用纯粹国画的方式进行纪实性的描绘。我认为不是油画就得画成那样，国画就得画成这样，其实国画也有很写实的，只是中国人的思维和西方人的思维方式不一样，西方他是科学的思维观，而中国是感性的，意识流的，不太注重科学。西方人特别是艺术家们像达芬奇，米开朗基罗，阿尔玛台得玛，等等很多在文艺复兴时期用比较严谨的态度在创作，包括像俄罗斯列宾的《伏尔加河上的纤夫》，画家用长久的时间去体验生活，甚至他自己曾经去做纤夫，我还是一直崇拜和尊重这样的艺术家。

💬：现在很多青年在追求看不懂的现代艺术，而你沿着过去的传统同时又带着新时代的观念坚定地走向了广阔的民间。

💬：艺术必须要再创造，必须创新，但创新要有一个基础，这个基础就是真实的感受，这个感受并不一定是西藏，我觉得可能以后我还会画一些有关彝族系列的作品。西藏那片土地的颜色，人的皮肤的质感以及他们的服装非常适合我现在创作时的技巧，你像现在那些穿西装的现代人已经没有了人与自然斗争过程中我们在他们脸上看到的日月风霜，很多汉人，给人的感觉都很疲惫，跟自然已经隔绝了似的，而西藏人他们的脸色与那片土地已经完全融合在了一起。和他们相比我们更像是一朵温室里的花。

💬：可能人们到了西藏才会把自己全身的毛孔都打开吧。我觉得在当今的时代很多女性都在追逐时尚，而你却走向了生存环境那么恶劣的高原，像你这么年轻漂亮的女孩子只身一人闯进那片荒原，想起来就让人有一种心灵的颤动。

💬：我这种行为不只感动了汉人，也感动了藏族人。

下接 63 页

提香 ▶

2001 年夏天我再次来到康巴藏区一个很小又很古老的寺院，见到了这位身为管家的老喇嘛，他在活佛到来之前，将山上的每一个角落都用燃起的藏香薰过，用香烟清静了整个山岗和道路。

创作时间：2005 年 3 月—8 月　尺寸：2.78m × 1.66m

※ **记提香**

　　有一天，在一个古老的寺院里，我遇见一位老喇嘛，那好像是个开满格桑花的初夏，老人手里提着一座金光闪闪的香炉，我问他，到玛哈嘎拉的神山应该怎么走，他指给我前面的道路，背影里我看到他的眼睛，说，风吹过，花才会开。

　　格桑花又开的清晨，我忆起了那个世纪初的清晨厄运来临前我心里升起的所有预兆。是的，我已经看见它们了，在那个声音响彻我灵魂之前的时间里。

　　一些事物必要失去。

　　一些事物才能获得。

创作时间: 2000 年 10 月   尺寸: 27.2cm × 24cm

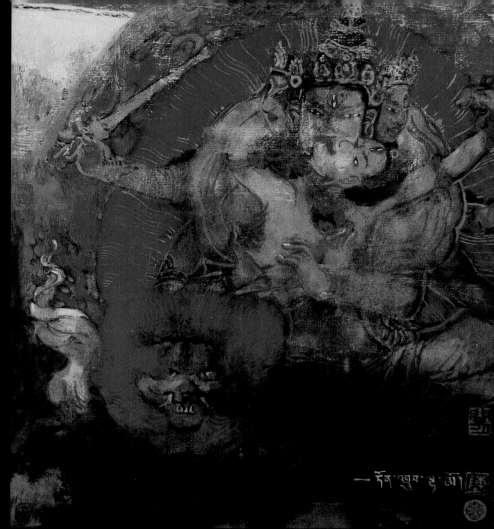

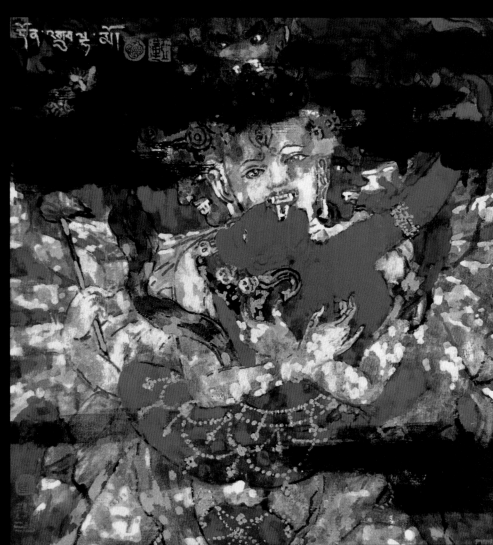

1	2
3	4

龙树菩萨

西藏藏传佛教，中观正见理论的传导上师—龙树菩萨，他的理论是整个藏传佛教密乘的根本与内地大乘佛教的四大皆空和泰国等小乘佛教的观念不同。

1999 年 12 月创作　　尺寸：27.2cm × 24cm

文殊菩萨双身像

创作时间：1999 年 12 月　　尺寸：27.2cm × 24cm

喜金刚双身

创作时间：1999 年 12 月　　尺寸：27.2cm × 24cm

金刚总持双身像

创作时间：1999 年 12 月　　尺寸：27.2cm × 24cm

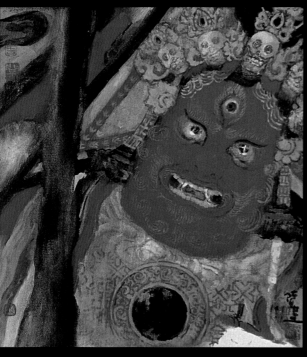

战神 ▲

2000 年 10 月创作创作   尺寸：27.2cm × 24cm

天王 ▲

2000 年 10 月创作创作   尺寸：27.2cm × 24cm

※ 草原的哈达

现在，我依然能够看见那片草原，那夜晚燃烧的火焰，还有回响在苍穹内的嘹亮歌声。在那个黑暗的黎明到来以前，所有的鸟儿飞走了，沿着晨曦时升起的一抹看不见的烟雾。

时间像河流载走了从前。

在我们前世的时光里，那些记忆中飘荡的花朵只在夜晚我回忆它们的时候，才格外芬芳。而那时你手上还有一片飞舞的哈达，现在我看不到它们。

现在我只能看见命运。

※ 命运的航标

我在这个空荡的屋子里继续留守，那些飘荡着艺术气息的画，颜料发出的芳香，弥漫在房间的每一个角落。我有时把许多头脑中出现的画面与感觉到的意像用颜色与线条去表达，我有些不喜欢语言，我认为它们总是改变原来的意思，当然，色彩与线条也并未有完全逼真地表达我们心中的感受。

我听着那些西藏带回的音乐，我想那些旋律有时表达出来的情绪是语言无法述说的准确。

夜晚带来身躯的形像，微弱的灯光映出四周凄绝的虚无。一朵玫瑰的盛开与衰败就这样慢慢开始，浸染在红色背景中轻轻飘移的圆圈总在黎明时分碎裂，在那样美丽的花坛中，并不生长绿色。而利剑与时光都无从降服的眼睛才流淌悲哀的泪水，懂得一些事物就丧失了幸福。

生命留不住曾经抚爱过的记忆。

穿越黑暗的河流，寻找命运的航标。

※ 穿越神山

我曾经在一座神秘的山里，进行过一次漫长而艰辛的旅程，那时我站在一座山的中间，我记着当时是一阵风从更远更高的山上吹来，它们落到我的眼睛里，于是，我眼前就出现了一片看不见的云彩，那些云彩变成会说话的星星，告诉我往前面走。我当时毫无知觉，也不知道前面还有什么，但那是一束穿透心灵的阳光，人无法排斥掉的一种外力的牵引，于是，我一直在路上转折，那条路充满了危险，山崖上刻满了格萨尔王后的咒语，一条牧民为神山铺就的小路，四面望下去深不见底，群山如莲花海随风飘荡，我俯看，才发现我实际上正在的旅途，已经没有退路。

阿企护法召唤我的到来，那是一次向生命极限穿越的攀登。我后来已不知道怎样到达山顶，只记得快接近山峰的时候，我在山坡间仅有的草丛平躺并软弱着，有一种什么东西正在缓缓地流过心里。

我觉得我在往上走的时候，其实也走在命运的背后，这就是时间。就像我觉得自己在长大成熟的那些日子，又像是想回到的最初。

在佛陀与菩萨那里，没有时间与意义，我们感受中变成花朵，忘却或是铲除身体里与意念中接受的外面世界的污染。佛陀的眼睛能够看见我们蒙受的灰尘。经文是一盆水放在我们面前，让我们自己清洗。

鹰 ◂

牧区的藏族老人有着像雄鹰一
样的战天斗地的勇气和坚韧的
力量，他们坚信着心中的佛祖
和救度母，从不畏惧严酷的雪
雨风霜，那是像鹰一样的精
神，在他们的眼神中闪烁着犀
利和勇敢的光芒。

创作时间：2000 年—2005 年

尺寸：2.15m × 1.24m

上接 54 页

胡卓识 💬：我觉得你把一种精神带给了他们，而恰恰又因为你是一个女性，更容易沟通更容易把这种精神传播开。

💬 陈亚莲：每次我和我的藏族朋友分别，我们都会用额头顶着额头行礼，然后会拥抱一下，这在我们汉族人的生活中是很少见的，大家现在都变得非常陌生，在西藏因为人很少，我记得我在去可可西里的路上，我们的车坏了，旁边一些人他们的车也坏在了路上，大家都走不了了，都有可能被狼群袭击，所以大家就感到非常的亲切，有时我在路上看到藏族老妈妈，她们都会从怀里拿出饼子给我吃，她们眼神中流露出来的是一种爱和关怀。我每次都是一个人走，很多人都觉得这样是不是很危险，但没有危险就感觉不到真实的现状，但后来我知道其实一点儿也不危险。我在越过玛尼干戈草原时是一个藏族人骑马把我带出来的，我和他骑一匹马，他一直用他的手揽着我的腰，我都不知道他的名字，他会说一点点汉语，他说姑娘，我在我们玉树草原上见过你，我说玛尼干戈离玉树很远，你怎么会见过我呢，他说我老婆在玉树，你那时在草原上放电视给我们看，这时我想起我在玉树给他们拍 DV，并当场放给他们看，所以，给他留下了印象。路上，他紧紧地揽着我的腰，对我说，你要是掉下去了我会心疼的，他不是因为两性间的那种东西，而是非常高尚亲切的美好感情。路上我们还迎面遇上了他的一些同伴，他们和他开玩笑说这么漂亮的姑娘拉到草原上算了，他就对我说他们在开玩笑呢，他说你一个小姑娘来到我们藏区，就像我的小妹妹一样。一个人，真是不容易啊。

💬：我觉得你就像一个美丽的天使飘落在那座高原上。

💬：我一直非常崇拜文成公主，我为什么要走玉树那条路，是因为那是文成公主走过的路。

💬：有的时候，一个女人的命运其实就是一个国家的命运。

💬：我在西藏的时候，遇见过一个德国的记者，为了自己的利益写了一些不利于藏汉团结的文章，我非常气愤，为了赶她走，我在草原上整整流了三天的眼泪，后来，连活佛的母亲妹妹们都跑来，问我为什么哭，我说她是个骗子，你们不知道我知道，后来活佛知道了一点情况就让她走了。活佛对我说，你不要再哭了，她已经走了，我有些痛恨她，是因为她为了赚钱写得那些不实报道会让别的国家对我们国家产生误解。后来我知道她真的走了后我才高兴了，从帐逢里走出来，这时我看见有两道彩虹手拉手地高高地映现在天空上，非常美丽。我想的是国家不要有纷争，忘记仇恨总比要牢记它会让人更快乐，冰释前嫌后互相体谅的协作才能使一个国家和民族走向一个新的时代。

个人的命运与民族命运的结合

胡卓识 💬：让我们的记忆回到二十年前，那时，经历了动乱时代的青年见证并参与了创造中国社会的伟大变革，他们是民族命运的承担者，开启了中华民族伟大复兴的历史篇章。可是这样的理想主义的光芒在当代青年的身上越来越看不到了，所以我想如今我们更应该大力提倡青年人一定要把个人的命运与我们民族的命运紧密地结合在一起，只有这样才能担负起时代赋予我们的责任。

💬 陈亚莲：个人的命运我觉得，你比如说现在如果我们还处在旧社会，或是没有改革开放的时代，我们就不能像现在这么自由地进出西藏，要是西藏不是我们自己的领土，我们连去西藏的可能都没有。我在藏地很多地方看到很多的大型的公园，公路等等都是汉族人帮助他们去修建的，并且为他们提供很多援藏物资。我在西藏时常听人讲，一些援藏部队的小伙子他们在开车拐弯时有时会遇上山体滑坡，往往是十辆车过去，回来的就只有七八辆，甚至更少，所以我每次看到他们的车都会在内心里为他们祈祷，希望他们能平安地回来。我觉得个人的命运也是和国家的命运息息相关的，如果我们不是生在像现在这样重视人权的时代，重视个人才华的时代，像我这样一个女孩儿，是根本不会像今天这样进出西藏的。所以我觉得这也是一个国家，和整个人类社会在文化和历史上的一个进步。

阳光下的喇嘛 ▲

在拉卜楞寺很多喇嘛经常在寺院的墙边晒太阳。

※ **血染的袈裟**

　　我现在坐在非常寒冷的一间房子里，冬季的阳光穿过暗色的玻璃照耀着我苍白的面庞，我翻开从前画过的画，那些用浓墨重彩划下的一道道波浪线下的画面变成了一个个跳跃的记忆，我打开布满灰尘的黑色木箱，看见那件浸染着血液的红色袈裟，我在那个夏日结束以后就把它放在了一个尘封的藏箱里，那时曾缠绕着我的伤口，它们的血迹已经凝固起来，远看像一朵朵小小的被撕碎的花瓣。我曾经遗忘的已慢慢恢复起来。我坐在窗前，拣拾那留在心中的碎片。

※ **医院里**

　　就是这样，我被置身于自己之外。

　　看不见花开的时候，我说，阳光真好。

　　师父时时刻刻都能在一扇敞开的窗前看见我。

　　我说，看见，不是用眼睛。

　　物质与精神的两个正面都在那里。

　　我只需跟着河流走。

　　澜沧江的源头，师父的眼睛。

※ **爱与种子**

　　一朵花成长之前，必须植入泥土，但是，种子却害怕落入土里，它总是高傲地对人们说，我是一颗种子，我不能落下。其实它不懂，不落下又怎么能够生长。这就是说，你必须先失去自己，你才能进入整体。

　　种子被播在土里，似乎那层层履盖的土壤把它给压下去了，但真实情况却是，那层土并不是它的障碍，而是它成长中必须经过的一条路迹。没有那层土，没有那些阻隔，种子就不会发芽。土壤将种子压下去，是为了它有一天能够更加成熟，在某一个夏日的早上，变成一棵细小的嫩芽，然后长成参天古树。

　　有时，我会重新思考，爱与生命到底是一种怎样的物质的事，又是怎样的精神的事。爱就像一株玫瑰的盛开，花开的时候，充满了美，花落的时候就是一种悲哀。爱又总是那么疯狂，似乎只有疯狂才能证明它们是爱，疯狂有时不由自主。创造与毁灭同样充满激情，而只有死才能使之永恒而凝固。

　　进入秋天的种子怀念天空。

　　阳光在树叶上行走，那所有留下的痕迹怎么能够失落，甚至看不见的存在，气氛，话语，感觉，它们也是另一种物质，这些物质被文字捕捉的时候，就成为了存在。

震撼　源于感触　激情　来自灵犀

七十年代出生的青年的人生观

胡卓识 💬：你是七六年生的，现在社会上很多人觉得七十年代出生的这一代人，他们不像六十年代出生的那批人那样有理想和抱负，而你却和他们不一样。

💬 陈亚莲：其实我也不是太理想主义的。

💬：倒也不是理想主义的问题，就是说你不是像他们那样只关注个人的成长，而是走进了一片更广阔的高原。

💬：这可能是由于我家庭的原因吧，我的父亲是军人，母亲是医生，像我母亲在我很小的时候她就经常拿出自己的工资为病人买药，这对我幼小的心灵还是有过极大的影响的，它让我在长大后懂得怎样同情弱者。我的父亲从小就告诉我长大了要保卫我们的国家，他们本身就是很有责任感的人，我当时稍微有点钱的时候，我基本上全都拿去捐给了西藏，而我父母从未埋怨过我，而且他们自己也拿出钱来让我捐，他们一直在鼓励我，包括这次画展，我爸爸一直在默默无闻无怨无悔地帮助着我，我想我是在这样的家庭中长大的孩子，自小就有这种责任感。

💬：我想也和你出生的那片土地有关系。自古以来，齐鲁大地产生了很多为国捐躯的仁人志士，而这片土地上长大的人又很懂得礼节，非常无私，心胸也很宽阔，有一种一往无前的精神。

💬：这种精神也和西藏人是相通的，大家都很真诚，仗义，质朴，乐于助人，特别是我去了康巴地区以后，我觉得山东人和他们真是太像了，好像血管里流出的血液都是同一种颜色，像亲兄弟似的。

✳ *多弦的梦想*

　　一个女孩，从那个神秘的高原上走了下来，她成为另一个人的创造。她的梦想变成了一个国家的梦想，她带领那些追随她的人们穿越美丽的草原，高山与河流，到达他们努力渴望的地方，实现理想，她倾空自己，与他们水乳交融在一起，她是他们的希望与爱。

抚今追昔 ▶

本应拿青稞碗的苍老的手，却举着汉族瓷器的代表－青花碗，老人意味深长的微笑，表达了古老西藏传统观念对汉地文化的接受与赞扬。各民族文化的相互渗透，相互融合带来民族团结的契合点。各地优秀文化在藏区的传播提高了藏区人民的生活质量。愿藏汉人民都能抚今追昔，永远团结互助，真诚以待，以促进全球文化的繁荣。

创作时间：1999 年 10—12 月　　尺寸：1.44m × 1.34m

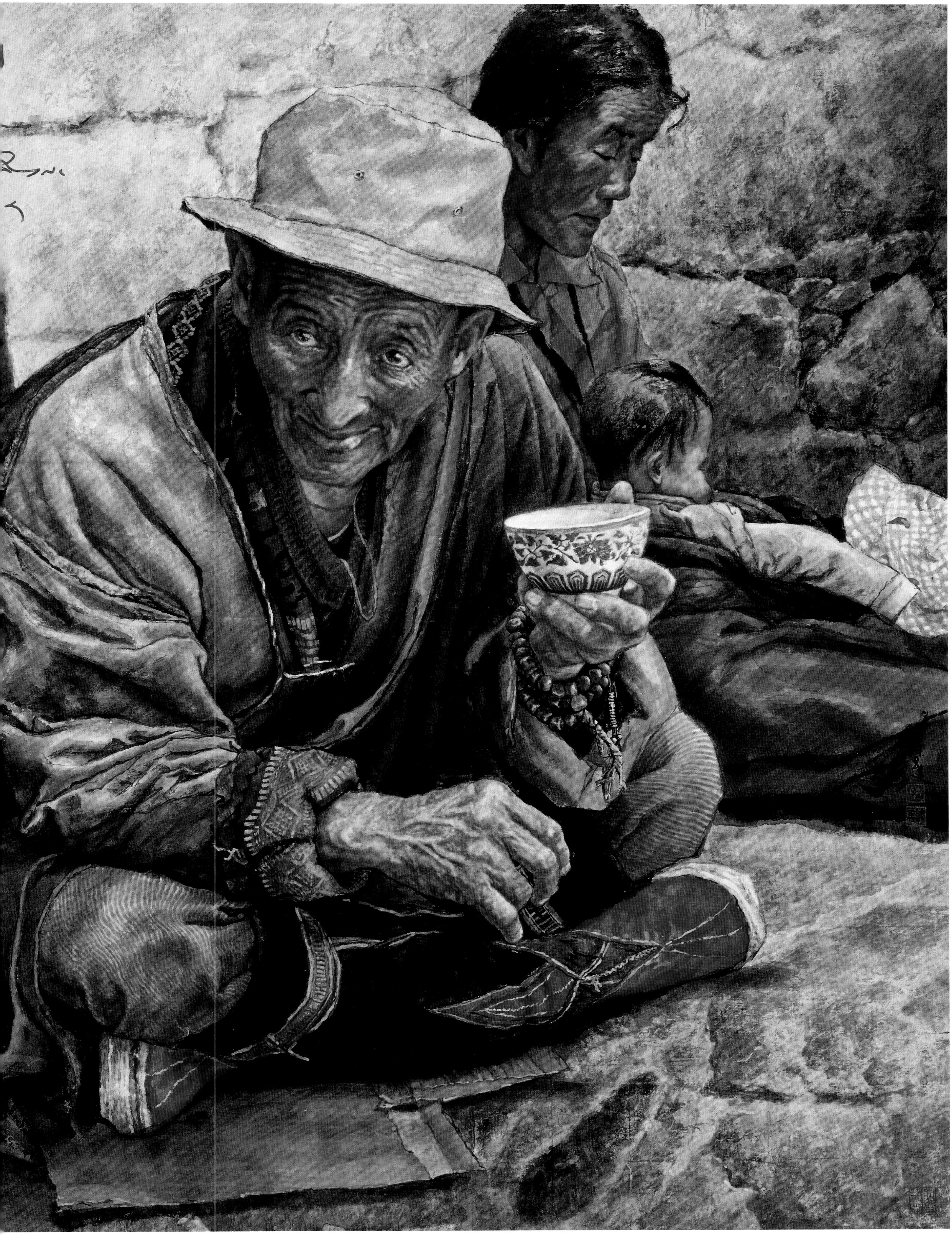

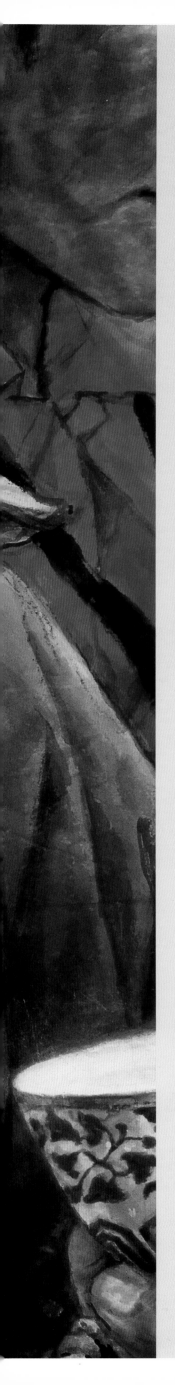

※ **送我雪莲的姑娘**

遗忘有时是件好事情。

我在一天夜里看见了那个女孩，她告诉我很多神秘的事物。

我忽然发现，我已经离她很远很远了，甚至她头脑中的一些思想我已无法用我现在的感受方式去理解了。

苦难有时也是一笔财富，并不是人人都能得到的，它像命运车轮飞速旋转中抛下的一个彩球，落到谁的手里，完全是一个偶然。

承受苦难的日子就是你进入了燃烧阶段。

※ **卓玛**

卓玛，卓玛，卓玛……

她是我很多年前折射水面的倒影。

她将沿着那些旧日的时光去走完她青春的旅程。

歌声穿越春天第一滴融化的雪带来一抹晨曦，不断地嘹亮起来。

正面与反面的道理是一样的。

走吧，让我们去启明星照耀的河流沐浴，晨曦之光穿越身体。

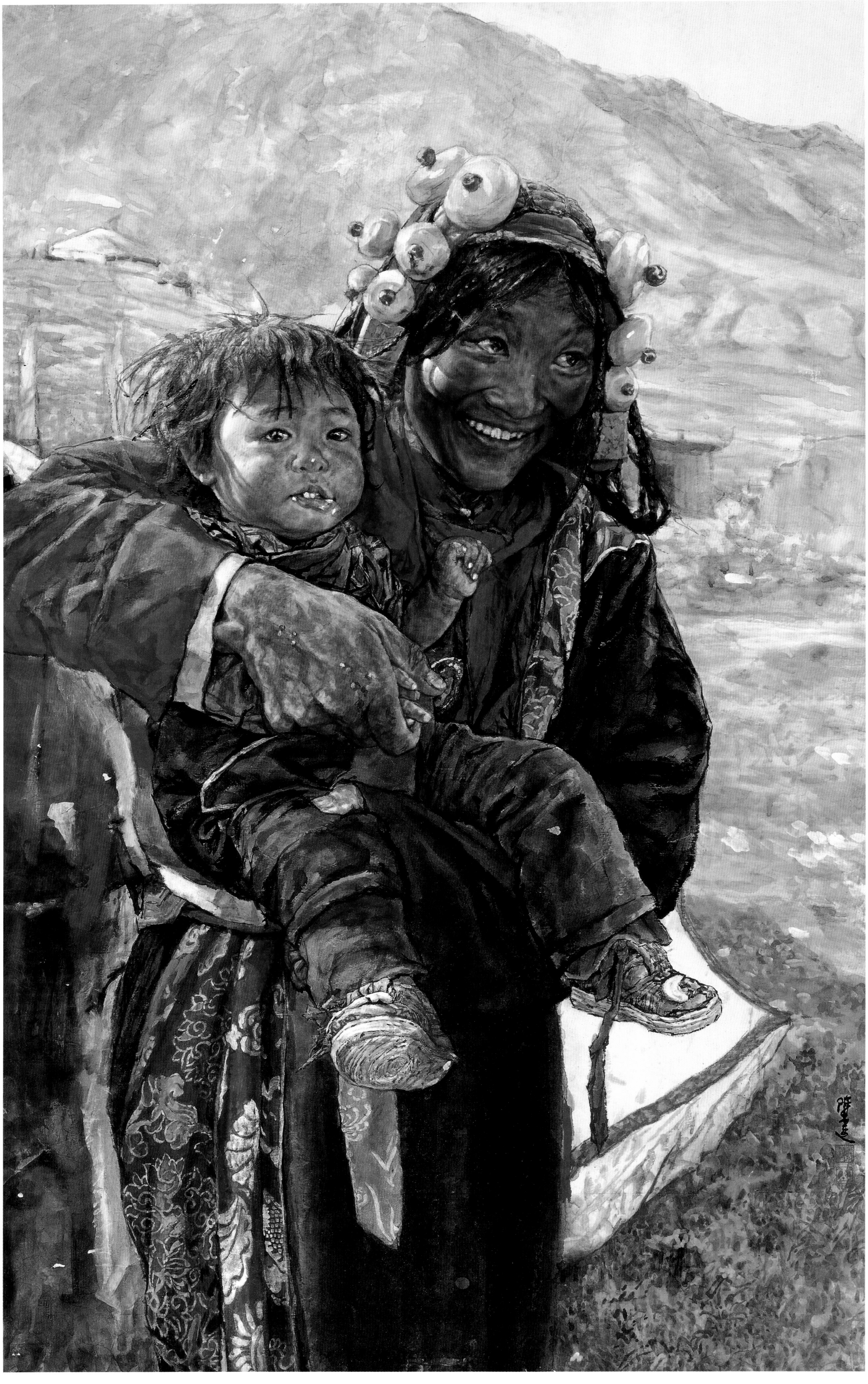

※ 玉树舞蹈

在优美的舞姿出现以前，保持生命的足够勇气与力量。

结局在完成的时刻开始。

蹄踏声响遍草原。

※ 真实的乐园

蝴蝶张开翅膀，从一个故事向另一个故事里飞翔。每一次完成的作品，都在创造着藏人的形象。

淤积在岁月中的回忆，时间游丝般地行走。

纸页有时也能发出呼吸，诉说梦境与永恒。

实实在在的事情总是那么脆弱而又难以持久，我们每个人在这个世界上不过是其中闪烁的波光与泡沫，幻景美丽瞬间的展示，语言成为桥梁。

现实的生活从我的内心走过，它不在我每一天实际的日子里生长，宛如细雨滑过红色的炭火，化作空气和水蒸气奔向它们要去的地方。

没有感觉和预兆的时间里，思想的岔路很长。

期待之中，希望被爱或者是关于幸福的遐想，它们像古老的寺院一样珍贵而悠久。

有人说，唯一真实的乐园是人们失去的乐园。当我酷爱回忆的时候，其实我已经没有了现在。

失去了幸福，才更加企图而充满欲望地重新创造幸福，这创造就是画面展示的另一条时光隧道。

所有现实中永远不可到达或发生的事情在绘画的作品中都可以真实地发生。

想像也是一种行为。

没有翅膀的飞翔滑过天空，呈现一道美丽的弧线，犹如记忆的时光里长满了花朵。

※ 光荣与梦想

光荣与梦想，它们紧密相连，不可分割。因为有梦想，才能得到光荣，又因为有了梦想才充满了奋斗与牺牲，要奋斗必会有牺牲，只有准备好去接受死亡的人，才能够光荣地成长。

像树一样茂盛，像花一样美丽。

云雾阻挡不住穿越万水千山的脚步，是真正的英雄总会摘取那命运的桂冠，戴在自己的头上。

生命的礼物（康巴） ◀

粘着饭粒的儿童可爱的脸蛋，与妈妈那欢乐而自豪的笑容留给我心中美好的记忆，天地之间还有怎样的贡献，伟大过母亲的成就？那是对生命的给予，和对人类最大的恩赐。

创作时间：2001年2—6月　尺寸：1.05m×1.67m

女性主义

胡卓识 💬：也有一些男性画家在画西藏，但我觉得作为一个女性画家你的作品与他们相比更细腻更亲切，充满了母性的光辉，像那幅《生命的礼物》，画面中一位年轻的藏族妇女怀抱初生婴儿的喜悦，我想只有一个女性画家才会表现得如此生动。

💬 陈亚莲：我想男性画家他们忽略的正是那种母性的慈悲心怀，女人是更接近自然的存在，带着一种母性的情怀，当然在某些方面大家觉得我不太像个女孩子，但我想我能跟他们表现得不一样，我觉得还是女人更关注和同情弱者，她们天生有种悲天悯人的情怀，对细节的描绘更到位。

💬：有史以来，还没有一个像你这样年轻的女性画家既能把那种雄厚宽宏的东西表达出来，又融合了心灵的母性的光辉，画面变成了更生动的语言表达，让人有一种非常亲切的感觉。有人说，一个伟大的人有两颗心：一颗心在流血，一颗心在宽容。我认为女性从本质上说比男性更具备这样的情怀。

❋ 走过巴颜喀拉

我走了很久，沿着太阳的光芒，在金色的晚霞映照中梳理自己依旧清晰的面容。我看见了巴颜喀拉神山的山峰，它就在迷雾茫茫的云层中，我知道这也不是最后的顶峰，在这条路上，只要你在走，就永远没有尽头。风吹起了经幡的身体，缭乱我的眼睛。

我不再想更多的事情，但我知道，已经没有人和我一起走，所以我必须让自己变得逐渐坚强起来，不再忧伤。

重度的头痛，使我进入恍惚的路程，黑色的帐篷，白色的牦牛，黑色的羊圈，黑色的眼睛，坚持，坚持在，我心中对那神峰雪莲的梦想。

生命的礼物（安多） ▶

妈妈最大的骄傲，是因为她孕育创造了新生命。母爱，这是人类最高尚的情感，也是艺术创作中永恒的主题。

创作时间：2001 年 2—6 月　　尺寸：1.04m × 1.78m

金扣子 ▲

枣核脸的藏族老汉全身上下最好的装饰物就是一个纯金的
扣子。

创作时间：1999 年 10 月　尺寸：31.5cm × 40.3cm

花花世界 ▲

漂亮的姑娘越来越时尚，使得年龄大的牧民都看花了眼睛。

创作时间：1996 年 9 月　尺寸：27.2cm × 24cm

阳光

藏地的阳光热情似火，即便是寒冷的冬天，只要有阳光出现，都马上会使一切阴郁和寒冷消除，就像壮年男子给社会带来的希望、热情和生命的阳光。

创作时间：1999 年 11 月　尺寸：27.2cm × 24cm

祈福

牧民祈祷时候心中充满了对美好未来的向往，祈愿福报降临。

创作时间：1999 年 3 月　尺寸：31.5cm × 40.3cm

尼达小像 ▲

尼达带我去看了玛尼石刻，他的心很细有点忧郁症，做任何事总是非常小心，类似汉人的"杞人忧天"。

创作时间：2000年10月　　尺寸：33.2cm×24cm

岁月 ▲

永远不能忘记的是那开满鲜花的草原，和一朵朵像白云一样的帐篷。在那段岁月里美丽的草原、藏族小姑娘、糌粑饭和从没有离开过草原的阿妈，给我留下深深的记忆，她们每年都在鲜花盛开的时候把牛羊赶到水草丰美的草场，放牧和参加赛马会，这也是草原牧民心中最快乐的岁月和时光。

创作时间：2005年2月—10月　　尺寸：3.3m×1.83m

关于和谐社会的理想

胡卓识 💬：胡锦涛主席指出：实现社会和谐建设美好社会，始终是人类孜孜以求的一个社会理想，我们所要建设的社会主义和谐社会，应该是民主法治，公平正义，诚信友爱，充满活力，安定有序，人与自然和谐相处的社会。我觉得从我们的领导者来说，他能够提出这样的理论，是他已经站在了一个时代的高度，已经不同与已往领导人，并不仅仅是出于政治的需要，而是站在了一个人文主义的高度。这个理论其实是很宽泛的，和谐包括了很多内容，人与自然之间，人与环境，人和人，人和社会，民族和民族，等等不都是在这个点上吗？

💬 陈亚莲：和谐社会的提出，我觉得也是中国的政治历史走向了一个哲学的高度，中国古老的传统不也是要讲天地人合一吗，如果任何事情不能达到一个和谐的状态的话，而且不仅仅是社会，甚至夫妻之间，母女之间，包括人与环境只有协调得和谐起来，才能有发展。就像齿轮和齿轮之间必须磨合得非常和谐才能够正常地运转。

💬 有一个围棋大师，叫吴清源，他下了一辈子的棋，最后他总结出了一个道理，他认为什么是最高的境界，在棋界里，不是赢，不是输，而是和。他讲的那个"中和之道"我觉得与我们现在领导人提出的和谐社会的理想是一致的。我们现在的领导人为什么能在现在的社会提出这样的理论，首先是这个领导者他已经站在了一个人文主义的高度，一个哲学的高度，因为他自己本身具有这个学识和修养，为什么从前的领导人没有提出来，而我们现在的领导人会提出来，是与文化在他身上的体现分不开的，而且它已经超越了政治的范围，已经达到了一个人生的高度。

💬 为什么会有这个口号呢，我觉得也是因为在当今社会还有很多不和谐的东西存在，所以我相信国家也好，我们个人也好，应该正视一下自己，我们到底是不是在和谐地与人相处，是不是生活在极度的压力里面，我们是不是非常自然正常地生活着和工作着，不是说发展就是硬道理，很多时候我们都在往前看，而往往忘了审视一下自己，我们自己有没有什么缺点和失误，现在我相信自从国家提出这个口号以后，大家一定会在环境方面，道路方面等等种种方面去做一个细心的调查，然后去改正一些不合理的问题。

💬 我觉得这个理论随着社会的发展，还会不断地完善起来，也会不断地向前发展，最后形成自己的完整的理论体系。因为它比过去的那些理论达到了一个更高的高度，像过去我们的党曾提出以阶级斗争为纲，发展是硬道理，以经济建设为中心等等，但发展不仅是物的现代化，还应该是人的现代化，我个人觉得和谐社会的理论它应该说是一个历史的进步。

观看格萨儿王藏戏 ◂

夏季的草原上藏族人喜爱围成一个圆圈，
看他们自编自演的格萨尔王藏戏。

创作时间：2002年8月—9月
尺寸：0.77m×1.23m

暖冬 ◂

玉树歇武地区藏族妇女服饰，她们与别的
藏区妇女不同的特点是有双层银饰腰带，
喜爱戴羊羔花帽，美丽的姑娘给给寒冷的
冬季一片温暖的气息。

创作时间：2002年1月
尺寸：0.58m×1.13m

1	2
3	4

果洛风情

果洛地区藏族妇女的服饰，她们生活在阿尼玛沁神山脚下，神山常年积雪出产各种神奇的藏草药。

创作时间：2001年12月　尺寸：0.79m×0.78m

青海黄南风情

黄南又称热贡地区，此地在整个藏区中最出名的为唐卡艺术。他们的服饰相对其余藏区多了很多绘画的元素。

创作时间：2002年4月　尺寸：0.76m×0.77m

玉树歇武风情

这里的姑娘喜爱编辫子，背后都戴着单独一个长串的弥腊装饰。这里的草原每到夏天盛开着各种各样的鲜花，当地的藏族人此时都从黑帐篷里搬出，在草原上扎起美丽的白帐篷，非常繁荣和热闹，赛马会也马上要开始了。

创作时间：2002年9月　尺寸：0.78m×0.77m

玉树智多风情

玉树智多地区藏族妇女服饰，她们的头部挂饰自上而下一般分为三股，到腰部时组合成一股，此幅图画表现为她们每天按顺时针转玛尼。

创作时间：2002年7月　尺寸：0.79m×0.78m

雪域神舟 ▲

玉树嘎多觉悟神山脚下的藏区服饰，神山下生活的牦牛也像有神灵一样的在用眼神为你述说着什么。

创作时间：2002 年 2 月　　尺寸：1.08m × 0.85m

❈ **魂系雪域**

最简单的东西往往最难获得。

我们每个人都会在沉睡的夜里做梦，那些永远无法在现实中铺展开的故事，只有在我们的思想与意识完全停止的状态下，在我们进入一种像死亡一样存在的睡眠中才能够呈现出来，而又有谁在太阳出来，在白天，在人群密布的空间里，沿着那些梦想的事情去实际地生活呢？

在我们梦境中阴时，才能变成意识之子，才能进入没有负重的灵魂，才能获得一次又一次的对未来的预感，或回到雪域中不可进入的山群飞翔。

❈ **多次穿越**

那条河并没有干涸，它只是在冬天被外面的温度结成了冰。冰下面还是流动的水。那些水在深处才给人以温暖。我还会去那个地方，那个最初的也是最后的地方。来和去都是一样的路径。

<table>
<tr><td>1</td><td>2</td></tr>
<tr><td>3</td><td>4</td></tr>
</table>

青海勒姆像

勒姆挤在人群中观看赛马会，看到在拍照的我后
幸福又羞涩的笑了。

创作时间：2001年5月　　尺寸：33.2cm×24cm

祈福

阿妈祈祷时候心中充满了对美好未来的向往，祈
愿福报降临。

创作时间：1997年3月　　尺寸：27.2cm×24cm

静静的山岗

在若尔盖的山坡上，母亲背着孩子静静的走着，这
是天地人多么温馨和谐的一幅图画。

创作时间：1996年5月　　尺寸：0.74m×0.6m

更嘎江才和他的牛

更嘎江才和他的老牦牛在搬家的路途中看见了我，
正向我热情地的微笑，并说着："嘎忒。"我回答他
说："嘎玛忒。"

创作时间：2002年8月　　尺寸：0.85m×1.2m

❋ 写生之旅

那年我们在弥漫着雾气的早晨背着背包进行一次漫长的旅行，那些画笔，颜色与有些发黄的画片，手指在那些色彩中飞速地旋转，头发倾洒在额前，这是我一直渴望画出的一种颜色与氛围，我记着它们。

但现在我已经很少看见那种颜色了。那个下雪天，我一直背着沉重的画架，有时我坐在夕阳西下的黄昏里，转经的人群迷蒙我的眼睛。只有那种光线下才能呈现出我所要的色彩。

艺术的历史有时也是人类的历史，只是人类的历史是用理性与叙事，而艺术是用感受与形像，或抒情。

在本质上，它们都是为了留下一种痕迹。

记忆不在现实中铺展，记忆在想像之外的河流里穿越黑暗到达黎明。

我去过的所有地方，我保存的每一件小小的礼物，它们像节日燃放的焰火，在夜晚放射出璀灿的光芒。

父亲 ▶

世上有很多赞美母亲的绘画和诗篇，却很少有献给父亲的，而我就拥有一位疼爱自己的善良的父亲，多年来他一直默默无闻，无怨无悔的陪伴着我，鼓励我勇敢追求自己的事业和理想。所以，谨将此画献给全天下的父亲，愿他们永远健康快乐。

创作时间：2005 年 5 月—9 月　尺寸：2.8m × 1.68m

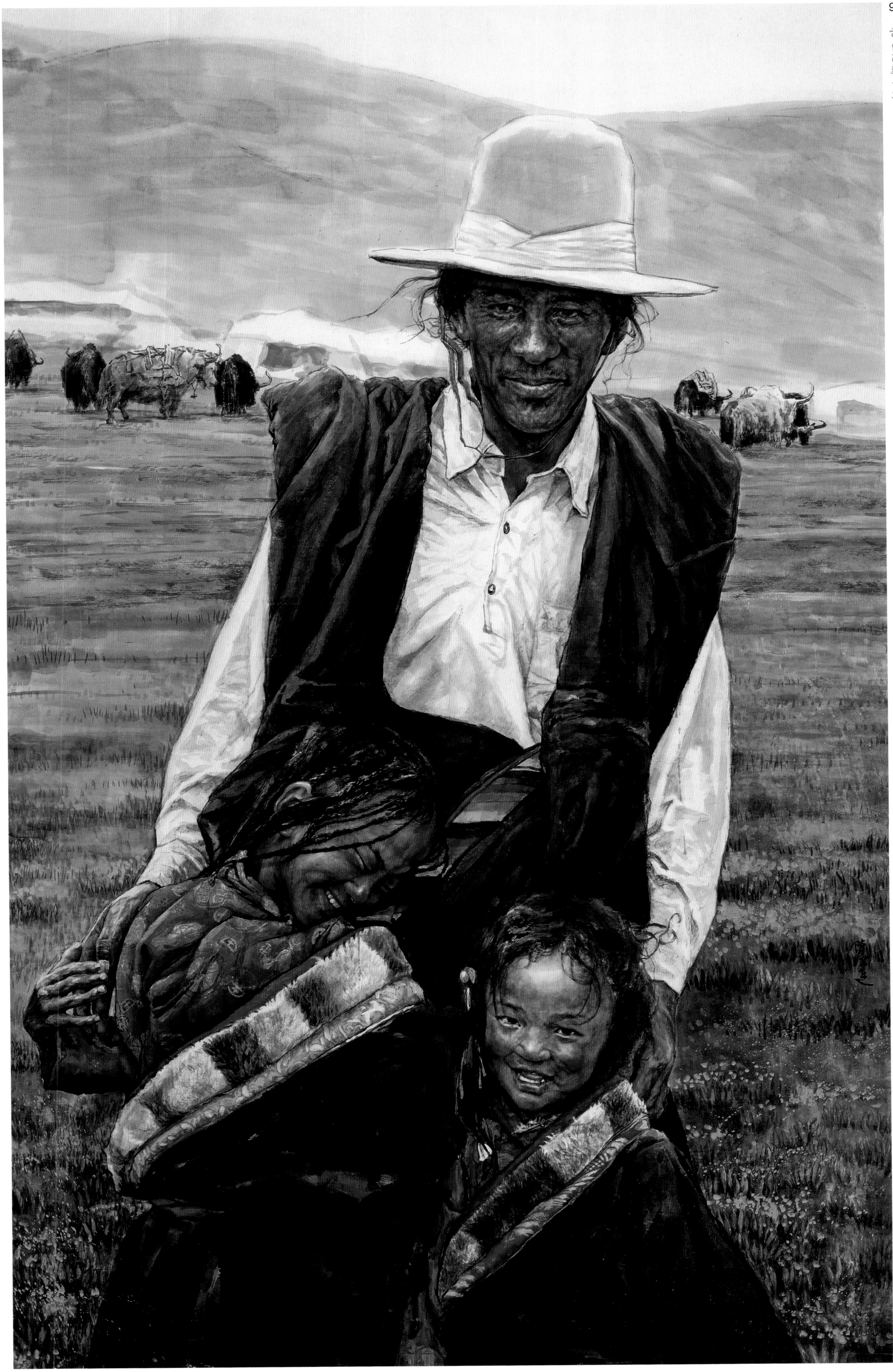

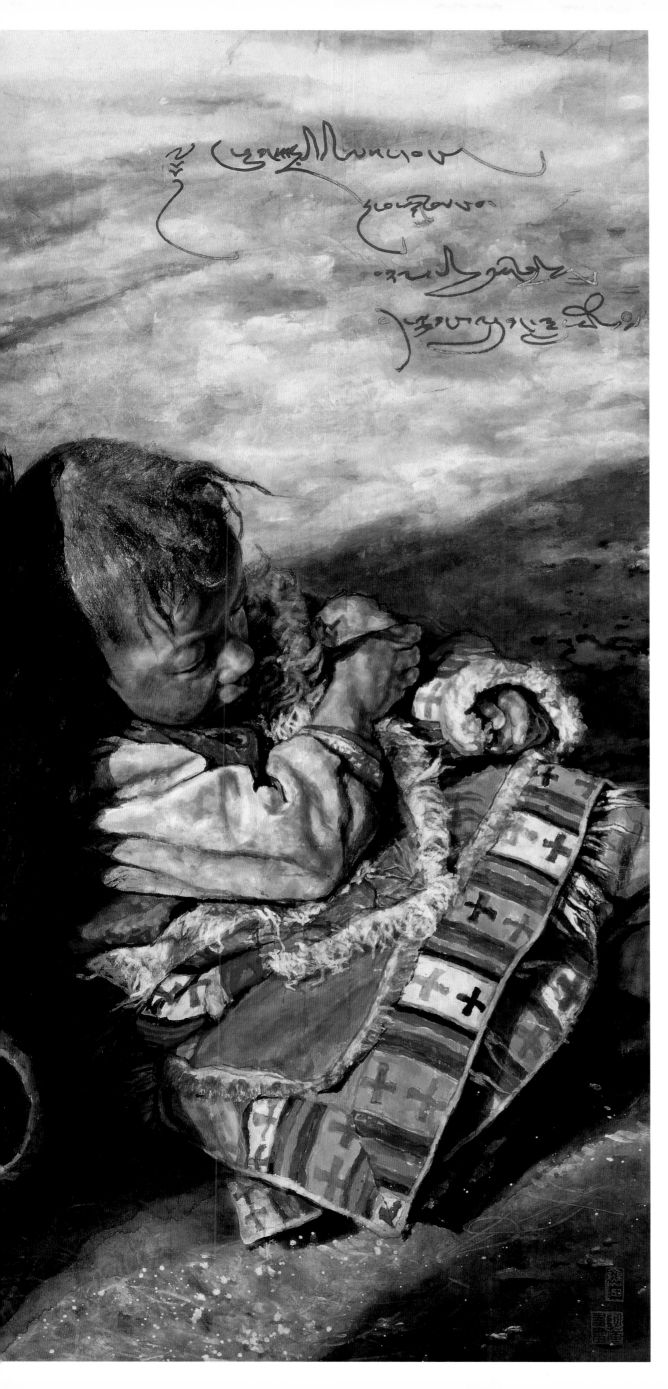

晌午 ◂

在西藏安多地区，家境贫寒的儿童没有入学。每天和老人一起在草原上放牧着牛羊，平庸无为的日子，任由了年华的流逝。此幅作品参加 2002 年国际艺术博览会，获一等奖。也由此开始了陈亚莲对藏区失学儿童的关注和捐助之旅。

创作时间：2000 年 3-5 月　尺寸：1.33m × 1.5m

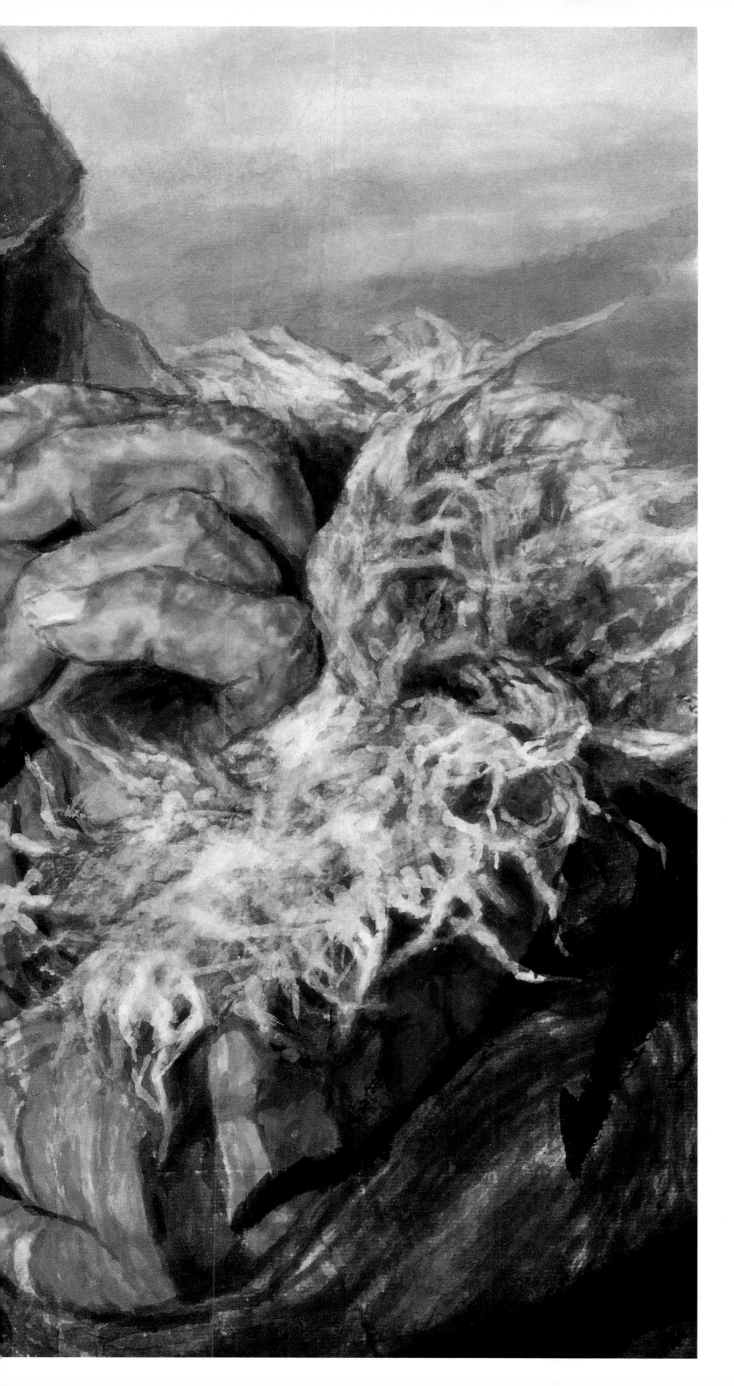

※ **水底阳光**

岁月燃烧了花朵

火焰拥有落日的芬芳

月亮是天湖深处的眼睛

撕裂水底阳光

我们像鸟一样飞翔

波浪中穿越纳木措的胸膛

看见佛陀在路上行走

幸福安慰忧伤

民以食为天 ◀

风雪中，朝拜的牧人在寒冷恶劣的条件下，用随身携带的炉灶煮面充饥，对外界事物感到陌生和恐惧的孩子们，定睛注视着我们。

创作时间：1998 年 2 月
尺寸：1.82m × 1.03m

挤奶姑娘 ▲

藏区的小姑娘从小就帮助妈妈干活，挤羊奶是她们最常做的工作。

创作时间：2000 年 9 月　　尺寸：33.2cm × 24cm

玛尼才仁 ▲

玛尼才仁本来是双胞胎，可是他的孪生兄弟刚出生就因为得了感冒，没有及时救治死去了。当地人非常贫穷没有任何的医疗条件，也没有学校。

创作时间：2000 年 10 月　　尺寸：33.2cm × 24cm

※　记雪域莲花小学

　　我想我们所有人都是经过了一双孩子的眼睛最初遥看这个世界，我们在时间的河流中行走，时间赋予我们的生存以意义，历史也产生在时间的交替与更迭之中，就像自然界的花开花落一样，那些最初的愿望与最后的愿望其实在本质上又有何区别？现在的时间即是过去的时间，而未来的时间也曾是现在的时间。

　　学校他们从未见过，一座雪域莲花小学在草原上静静地盛开。一阵惊雷后，学校变成了沙海，孩子们在草原上流浪，流浪……过去变成了现在，现在又变成了过去。

慈爱的光辉 ◀

画中的老人名叫它行，
原来是一位老喇嘛，
文化大革命时还俗。
他原来是藏区非常有
名的神舞老师，还是
很多西藏高僧和活佛
的师傅。在他生命最
后的时光里，他的学
生给拿活佛主动去为
他摸顶加持赐福，画
面中相濡以沫的情怀
中充满慈爱的光芒。

创作时间：2002 年 10—12 月
尺寸：1.55m × 2.26m

新的时代需要一种新的声音

胡卓识 💬：伟大的时代孕育伟大的精神和新的文化内涵，它需要我们发出一种新的声音，你的作品也正是这种声音之一。现在，我们正站在一个新的历史起点上，我们应该坚信有以胡锦涛同志为总书记的党中央的坚强领导，有中华儿女同心同德的不断努力，我们的祖国必将前程似锦，我们的未来必将灿烂辉煌。我觉得我们新时代的青年应该跟着我们国家行进的步伐去创造一个全新的未来。

💬 陈亚莲：我现在做这样的一个展览，我拿出了我全部的积蓄，我把我在达尔吉，我的这个企业大家也都是知道的，主要是做一些民族手饰，我的画也有了一些名气，似乎不必要自己花这么多的钱，也不拉一个赞助，我想其实在西藏的那些日子我早已把生死置之度外，我人生中最美丽的青春时光都献给了西藏，我怎么还会在意这些身外之物呢，我为什么不拉赞助，也是不想让别人联想到经济的东西。我认为我现在所做的这一切要是能对社会产生作用的话，我就很欣慰了，我并不仅仅是为了我个人，可能我不是什么画院的教授，也不是名牌大学的学生，我的画还会有人有不同的看法，但我相信有一种东西是大家可以认同的，那就是我的一颗真诚的心。这并不是我的自我夸奖。这个画展和为人类和平友谊服务贡献的想法，是我这次在西藏翻车时产生的，因为在接近死亡时，我最大的遗憾是竟然没有做一件彻彻底底的好事。

💬：那你认为这个画展做完了，你的这个愿望达成了吗？

💬：这只是开始，今后我希望我能做一个代表汉族对藏区的亲善大使，因为我了解他们，理解他们，热爱他们，我真正地体恤过他们的心。包括这次画展我也会请来我在西藏特别好的朋友卓玛，她是我捐助的那个小学校的副校长。

💬：做画展的想法是不是很久了？

💬：98年以后做完中国美术馆的展览以后就有了。当时那个画展很轰动，那时西藏还是个冷门，再有就是我这么年轻的女孩子画出这么厚重的东西，让大家感觉非常吃惊。那时许多人都以为我做完这次画展应该是很激动的，但其实不是，我是很失落的，我发现我画出的只不过是一些表皮的东西，我还没有真正地进入他们。

💬：从那以后你就毅然决然地走进了西藏。

💬：是的，从那开始后的四年里，我一直和藏族同胞朝夕相处，我那时住过的地方就是几块土堆搭的木板，非常简陋，窗户是纸糊的，也已碎掉，夜晚，我数着天上的星星，听着外面狗熊的叫声。那时有个喇嘛在保护着我，他是我特别好的一个弟弟，前两天还给我打电话，说我每天都帮你祈祷，我很想念你，你好吗？我说我要举办画展了，他在电话那头很激动地大声叫着，太好了，恭喜你呀。而最让我感动的一件事，是我在西藏发生车祸以后，回到北京做手术，那天做完手术，整整疼了一晚上，不能睡着，穿髓内针真是痛彻骨髓。麻药过后在北京积水潭医院，我的小师付，他是个小活佛，一直陪着我，我做手术的时候他在门口等着，做完手术他又整整陪了我一个晚上，而且他还帮我付了一万块的住院费，他生活很贫困我都不知道他从哪里弄来的钱，他知道我在西藏把所有的钱都捐了，从我做手术开始一直陪我到早晨六点，那时，在病房里很多人来看我，大家都在流眼泪，师父他什么也没说，只是看着我，说你好了，不疼了，我要回去了。现在想来我都会流眼泪，他就那样一直趴在我床头，那时候在西藏我因为丢了东西错过了赛马会，是他在我赶到后为了让我看到全程的赛马，又让赛马会重新举办了一次，包括最后一次我们分别时，他流的眼泪实在是太多了，上衣前边都湿透了（说到这里陈亚莲的眼泪流了下来，美丽的大眼睛里面闪动着晶莹的泪花，让我的心也为之动容。）我为什么会喜爱他们喜爱西藏，是因为他们实在是太善良了，让我一生都忘不掉。甚至他们来北京的时候，他们会绕着树低着头走路，我问他们在看什么，他们说看地下的虫子别踩到它们。我觉得这种慈悲的心怀可以震撼你的灵魂，你所有的欲望和想法，甚至你对艺术的执着，都显得肮脏而功利，在慈悲面前我们实在是太渺小了。

💬：这个活佛现在哪里？

💬：我不知道。我觉得他们特别爱我们汉人，我记得03年非典时，我给他打电话说我要去医院做义工我可能会染上非典，他说你要是被传染了我就去北京看你，我说我会传染你的，人会死的，他说，那有什么。

下接 118 页

※ 车祸后的重生

　　六月的梅朵凄然盛开着紫色的花瓣，一个世纪开始的凌晨，女孩没有倒下身躯，她在内心里告诉自己，我是不可战胜，不可毁灭的。残忍的死亡的阴影弥漫在心头，她不停地离开这片高原，又不停断地返回来。

　　一个崭新的时代终要到来，她心中正在升起一片绿洲，那片如今还很遥远的正在缓缓向她走来的绿洲，她不用眼睛，但她能够看到。

闹雪 ▲

名叫卓玛的女孩儿远远的看到母亲来了，欢乐的打招呼，雪中嬉闹使整个寒冷的冬天都变得温暖起来。

创作时间：1997年1月—5月　　尺寸：1.03m×1.58m

玉树智多草原 ◀

智多的草原上帐篷像花朵一样密布着，藏族妇女在此地喜爱戴头巾，这是她们回帐篷时的情景。

创作时间：2002年8月　　尺寸：0.76m×0.78m

静等情郎 ◀

西藏安多地区秋季服饰，藏族姑娘对爱情的态度是热烈、真挚而含蓄的。静静的秋风中姑娘等待着爱人的到来，自然成为一幅美丽的画卷。

创作时间：2002年10月　　尺寸：0.74m×0.6m

※ *花样年华*

伟人毛泽东说，世界是你们的，也是我们的，你们青年人朝气蓬勃，好像早晨八九点钟的太阳。希望寄托在你们身上。

我出生的时候，天空中还飘荡着火红的年代尚未散尽的万丈霞光，与我的降生一起鲜活跃动的还有时代的脉搏，它也像我这个新生的婴儿一样，等待着一天天的长大，在她成长的日子里，无论成功还是失败，都是她必然的体验。生命就是这样一代代起落，历史也是这样前赴后继。我有幸与我的时代一同成长，走过了我们的花样年华，我们也曾付出沉重的代价，应该说那是爱的代价。因为我们共同经历了这个时代。

巴颜喀拉神女 ▲

巴颜喀拉山少女服饰，神圣而庄严的姑娘像天上的神女。

创作时间：2000 年 9 月　　尺寸：33.2cm × 24cm

佛龛 ▲

藏族妇女喜欢依偎在药王山石刻前，晒着暖暖的太阳念经。

创作时间：1999 年 10 月　　尺寸：**27.2cm × 24cm**

嗡嘛呢贝美吽 ▲

藏族人每天念得最多的经文就是这句观音菩萨的咒语。

创作时间：1998 年 12 月创作   尺寸：27.2cm × 24cm

118

铁棒喇嘛 ▲

寺院里面只有铁棒喇嘛下可管僧众，上可打活佛（只有在学习和念经的时候），他们主管整个寺院的纪律。

创作时间：1998年11月　尺寸：27.2cm × 24cm

上接 112 页

胡卓识 💬：我想经过这四年的藏地生活，与98年的那次画展相比，你今天的展览一定是一次质的飞跃。它是从你灵魂深处发出来的声音，又经历了生死的考验，再加上这么多年你的努力和在技术上的不断探索和创新，相信它会强烈地震撼人心的。

💬 **陈亚莲**：我在西藏发生车祸以后，住院的日子里都是藏族朋友在照看我，他们是不杀生的，但那次为了我他们去抓猫头鹰，给我熬汤，他们说，你喝了它胳膊就没事了，还有当时发生车祸时开车的那个司机他来医院看我说，都是我不好，我把你的胳膊弄断了，你画画的胳膊是多重要啊，我多希望断的是我的胳膊，两个都行，就希望你的胳膊能好。按他们那么真诚和无畏的性格，我觉得所有想要闹独立的藏人都是被人利用的，我们一定要有个正确的分辨，其实那是很小很小的一部分。西藏人是非常善良的，它们永远不会要求战争和杀

戮的。我记得98年我在美术馆搞画展的时候，来了一个藏族女孩，她是从藏区考来的研究生，也正是那一次她唤起了我民族团结的情感。那天，在大厅里，她说我为你们唱一首歌吧，然后她就唱了那首太阳和月亮的歌：太阳和月亮是一个妈妈的女儿，妈妈的名字叫天空，藏族和汉族也是一个妈妈的女儿，她们母亲的名字叫中国。她先用藏语唱，然后又用汉语唱，当时展厅里的所有的人都停住了脚步听她唱歌。他的老师是个援藏的汉地教授，就是他把她带到了北京来。他轻轻拉着这个姑娘的手说，她是我们拉萨的，他是汉族人，但他说我们拉萨。我想我亲历这么多藏地的故事，见证了他们的心和真诚，我应该让更多的人民知道，从民族团结的意义上说，对我们民族的凝聚力和向心力一定会起到一个巨大的作用。

下接 122 页

扬旗桅杆 ▶

赛马会上持旗杆的老人。

创作时间：2003 年 9 月　　尺寸：33.2cm × 24cm

追忆江孜 ▶

江孜县就是我们大家熟知的红河谷，那里的藏区人还穿着清末时的服装，图中表现的是在白居寺的牧民。

创作时间：1999 年 10 月　　尺寸：27.2cm × 24cm

闲暇时藏族老汉经常对佛法及各种文化和社会现象进行讨论或辩论。左侧老人在对世事提出自己的怀疑与批评，右侧老人在倾听后露出宽容厚道的表情。两位老人表情的反差提高了画面的生动性。也代表了人类处理问题时最常见的两种态度，指责气愤或宽容大度。

论者 ◂

创作时间：1998 年 10-12 月

尺寸：1.57m × 2.26m

上接 118 页

胡卓识 💬：我想那个女孩儿她是藏族人民来到汉族的天使，而你是汉族人民飞到藏区的天使，你们两个都是天使，你们的相遇是天使和天使的相遇。

💬 **陈亚莲**：我觉得在当前这个纷繁复杂的国际环境中，我们再也不要有战争了。我也并不仅仅是针对西藏问题，还有台独问题，他们是真正的汉族人，竟然连自己的祖国母亲都不要了，实在是太可恶了。所以我觉得通过藏汉团结也可以促进各民族之间的团结。在新的时代，我们的领导人让我们看到了我们的国家在

国际舞台上日益展示出的新的国际形象,我们也看到了我们的国家越来越强大起来,而且从我们的领导人身上我们已经看到了我们的国家正在迈向一个崭新的时代,我们这一代青年应该跟着我们祖国的脚步一同前进,在我们这个伟大的时代里,创造一个比过去所有时代都更加强大的国家。

艺术经历

西藏写实绘画风格的初步确立

陈亚莲自幼喜爱绘画，5岁起正式开始学习绘画技巧。初中毕业后就进入山东省煤炭师范学校美术班，随后考入山东省曲阜师范大学艺术系深造。毕业后参加工作。但出于对艺术的执着与追求，陈亚莲毅然决定辞掉不错的工作，带上自己的全部积蓄只身到北京求学。她来到北京画院先后师从卢平、纪清远、石齐、王明明等老师，主修重彩水墨人物画，96年进藏归来以后开始将绘画题材着眼于西藏人物和民俗风情，创立了自己独特的绘画方式，写实的朴素主义人物画风。通过多年的勤学苦练，她在1998年毕业时就在画坛展露头脚，当年即于中国美术馆举办"走进西藏陈亚莲艺术作品展"，轰动一时，对中国画三维空间的人物写实塑造做出了新的贡献，她借助丙烯、水彩、西藏矿物颜料自行研制开发了同国际上重要人物题材的油画作品具同等表现力的高难度写实绘画，并严格遵守了中国画的留白技巧，以记白当黑的手法突显中国人物画的张力并对人物结构的精确写实描绘作了进一步突破，而她当年才22岁，也是中国有史以来在中国美术馆举办个人画展的最年轻的青年女画家，被称为"中华奇女子"，成为中国新一代朴素主义画风的代表。

全面接触藏人生活的感人展现

1999年于甘肃兰州秋田会馆举办《西藏行》个人画展，在西北各界引起巨大轰动，同年进藏写生长达6个月；2000年参加首都艺术博览会获特等大奖，成为当时整个美术界议论的焦点，带动展开了内地对西藏的文化和风土人情的强烈关注，也开始了陈亚莲艺术创作的鼎盛时期，一大批深刻表现藏地人民真实生活和坚韧性格

的巨幅作品，如《抚今追昔》、《镌刻的记忆》、《酸梨2》、《生命的礼物》等相应而生；同年作品《高原的春天》被国务院紫光阁收藏；2001年此作品入选《中南海紫光阁藏画》，2002年参加北京国际艺术博览会，主题为记录藏区失学儿童的八尺大画《晌午》获国画组一等奖，这也是她从一名纯粹的画家走向深具社会责任感的艺术家的开始。

深入藏地学习　遭遇重大车祸

她深深地感到要想成为真正的对社会和国家有贡献的艺术人才，要想更完美的表现西藏主题的绘画必须深入实际，切切实实的与藏族同胞一起生活和向他们学习，走进西藏的腹地，全面学习西藏文化，及对他们的个性、服饰、风俗、礼节做科学系统的整理，然后才能画出有高超技巧，同时具深刻内涵的传世之作。于是，最具有藏族特点的康巴草原成了陈亚莲暂时的家，这一段时间之内，甚至在她右上臂严重粉碎性骨折的重大打击下，为了了解藏族真实的医疗条件，她都不惜冒着将会被截肢的危险，依然坚持在藏地医院生活了40天，一直到房间内3个病床全部让给藏族住院同胞，北京积水潭医院骨科专家下了最后严重警告后才返回北京做了髓内针手术。

重返画坛为藏汉团结倾心创作

自96年至今，陈亚莲先后入藏数十次，其间曾用长达4年的时间集中与藏族老师和朋友朝夕相处，像亲人一样的生活，一起翻越了阿尼玛沁雪山、穿越了川藏线最危险的林场、闯过了山体滑坡、数次躲过草原上狼群的攻击，几乎穿越了藏区各地，

在同甘共苦的过程中，使她真正了解了藏人的喜怒哀乐和悲欢离合，并拥有了一批真实丰富感人的创作素材。2004 年 3 月份，陈亚莲做了抽取髓内针手术，半年后她开始了重新创作，丈二大画《等待》在历经 3 年半后终于完成，新定名为《生命的曙光》，此幅作品集中体现了藏地人在朝拜之旅中的艰难及藏族少年儿童对人生的思索，滚滚的黑云代表人生的困难，而少年那坚毅的表情和背后的曙光代表希望，那少年也是陈亚莲进藏之旅的真实情感写照。至 2005 年 9 月已创作完成新作品《父亲》、《提香》、《岁月》、《鹰》，预计将参加 11 月的画展。

十年巨制将于人民大会堂呈现

陈亚莲《我的西藏十年》艺术作品展将于 2005 年 11 月 27 日 −28 日在人民大会堂一层东门内大厅举办，届时将于开幕式前在新闻发布厅举办以藏汉团结为主题的新闻发布会。11 月 27 日下午举办中国画的创新与责任研讨会。此次展览精选了陈亚莲进藏十年来的精心创作，并以此次展览献给中国西藏自治区成立四十周年。

作品索引

后记

朴素主义画风的解释

朴素主义画风,是对艺术的一种精神,这种精神就是:尽量真实地面对自己的情绪,不要夸张在表面的唯美里;生活中本来就没有完美的事物,任何艺术家都应正视生命的无常、病痛、衰老和死亡,以平静的心态,向艺术主体的纵深处发掘和探索,努力将作品表现的更加细致厚重。任何率性的挥洒都是对观众的不负责任,挥洒中,可能你很尽兴,但尽兴之余,又如何把心沉稳收住呢?所以,除非你自认为是能收放自如的大家,否则,还是应该认真严谨地对待自己的画面。

朴素主义另外一层意思是含蓄和稳重,这基于一种严格的对事实的了解和把握。我一直认为,那些伟大的艺术品,一定是植根于现实的,除了拥有娴熟的绘画技巧和博大的精神内涵,还应具有深刻的历史文化意义。如果你不了解自己所处的时代,不曾真实生活在那样的文化里面,只凭空想,模仿去绘画,哪怕技术再完美也无法产生震撼人心的作品。我非常钦佩已故国画大师李可染和周思聪先生,他们画面中的每一根线条每一块色彩都是他们精湛技术和崇高情感的融合,他们是中国美术史上的骄傲,这样的艺术理念和严谨态度也是我一生追求的艺术目标。

我与藏族朋友们的深厚友谊

在进藏十年的旅途中,我所经历的几件终身难忘的大事,都是和藏族朋友一起渡过和发生的。比如用三天两夜的时间和藏区朋友尼达才仁、尕松卓玛、喇嘛才索和藏学师父仁波切一起翻越阿尼玛沁雪山;和像弟弟一样的日加(人名)穿越囊欠山地时遭遇重大车祸死里逃生;住院时朋友卓玛和尼玛措等人对我的细心照顾;不知名的康巴男子骑马带我走过格萨尔王草原;我在藏区草原深处发放为牧民们募集来的衣物时那与我紧紧相握的一双双热情的手臂……这样的事情在我心里太多太多,友谊也已变得深如大海。

每次画完作品,我都非常想让熟识的藏区朋友看到。每幅作品我都在用一颗真挚的心尽力表现藏族同胞坚韧乐观的精神,赞美他们优秀的品质,这是我作为一名西藏题材的人物画家,回馈他们的礼物! 即便在藏区生活了那么久,面对完成的作品,我心中还是非常忐忑不安。希望自己的严格推敲能让他们满意,希望他们能感受到一位汉族人通过艺术作品对他们表示的美好友情,深深的热爱和由衷的感激,更希望他们还能理解到我祈愿两族人民在祖国这个大家庭里永远互敬互爱,团结一心,共同繁荣进步的心愿。

现代生活与藏区人民

很多人问我藏区的情况和在藏区生活的历程,及对西藏的真实看法,并让我作一些论述,为了满足他们的要求,我在这里稍稍做些解释。首先是生活上的,一直以来,内地有种误解,认为藏区洗澡难,甚至有人以为他们一年只洗一次澡,而现在在我接触的很多藏族朋友里面,没有一个是这样的,他们都非常的爱干净,就连我到了藏区以后他们为了让我洗澡更加方便,有条件的还专门在他们的家里为我安了新的浴盆,没有条件的会帮我烧上热腾腾的雪山河水,让我解决卫生问题。在对服饰、家具及房间等等的搭配上他们也有天生的禀赋。二是藏族朋友都非常乐于接受新事物,比如电脑、汽车、录像机等等,甚至可以说,他们对新鲜事物的喜爱和接受速度,在一定程度上超过了我们。三是藏族文化博大精深,像我们古老的中华文明一样。在藏

区,学习没有年龄限制,寺院里年龄很大的喇嘛,还在继续听课和学习,并且也参加各种考试,很多人用一生去研究佛学和闭关修行,所以说他们是非常好学的。除此之外,还有很多很多,如果有朋友愿意更多了解藏地人民的生活,希望你带上自己的爱心,不要有任何的包袱和偏见,走进藏地,他们会用最真诚的微笑和歌声,欢迎你的到来。

最后,愿天下和平,藏汉人民永远团结,扎西德勒!

草于 2005.10.1晨   2时48分   国庆节

西藏之歌

假如我们懂得一首西藏之歌

有关藏羚羊以及初升的太阳

映照在她的面庞

有关散在寺院的煨桑

以及红光满面的年轻喇嘛

西藏会留下她的回忆

她躺过的高原上会有彩虹的踪影

孩子们的学校会以她的名字命名

进藏路上会再有圆月的投影

喜马拉雅山上的神鹰会在四处寻找她的芳音

乘着神鹰的翅膀

请随她前往

去到那雅鲁藏布江的岸旁

多么纯洁的好地方

藏红花盛开的高原映着太阳的光芒

雪莲花在那儿静静地等候

等候她亲密的东珠拉姆

藏羚羊跳过来侧耳倾听

雅鲁藏布江的涛声

我们坐在皑皑的雪山顶上

看见了历史的天空